10|18
12, avenue d'Italie — Paris XIIIe

Sur l'auteur

Peter Stamm est né en 1963 en Suisse. Après avoir travaillé plusieurs années en milieu psychiatrique et voyagé entre Paris, New York et la Scandinavie, il est depuis 1990 journaliste et écrivain. Il a rédigé des parodies, des satires, des pièces pour la radio et le théâtre, et a collaboré à de nombreux ouvrages. Depuis 1997, il est rédacteur en chef du magazine *Entwürfe für Literatur*. Il a obtenu en 1998 le prix de Rauris en Autriche pour son premier roman, *Agnès*. *Paysages aléatoires* est son troisième roman. Il vit et travaille à Zurich, Winterthur et Berlin.

PAYSAGES ALÉATOIRES

PAR

PETER STAMM

Traduit de l'allemand
par Nicole ROETHEL

10|18

« Domaine étranger »
dirigé par Jean-Claude Zylberstein

CHRISTIAN BOURGOIS ÉDITEUR

Titre original :
Ungefähre Landschaft

ISBN : 2-264-03713-X

Toi, sois comme toi, toujours.

Paul Celan

Maintenant en avril, la nuit n'était plus aussi sombre. Kathrine s'était levée tôt, bien que ce fût samedi. Elle réveilla l'enfant, lui fit prendre son petit déjeuner et le conduisit chez sa grand-mère. Elle retourna chez elle, chaussa ses skis de fond et s'en alla. Elle suivit les traces des motoneiges jusqu'à la première butte, puis celles de la ligne de courant qui menait jusqu'à l'antenne de radio. Finalement, après une heure environ, elle s'écarta à angle aigu de cette dernière trace et s'élança dans l'immensité blanche du fjeld.

Vers midi, elle s'assit sur un rocher qui affleurait dans la neige pour se reposer et pour manger quelque chose. Avec ses mains, elle parcourut les incrustations orange, jaunes et blanches qui recouvraient la pierre.

Plus tard, alors qu'elle avait repris sa

route, une légère brume se leva, comme un brouillard, et le ciel perdit sa couleur bleue et devint de plus en plus pâle. Mais elle connaissait le chemin, elle était déjà souvent allée au phare, et même quand finalement le soleil disparut complètement et que la lumière devint si diffuse que tout se brouilla, elle continua d'avancer sans la moindre peur de s'égarer.

Kathrine avait épousé Helge, l'enfant était né, elle avait divorcé. Elle se rendait régulièrement au phare, restait à y passer la nuit puis rentrait le lendemain. Sa mère s'occupait alors de l'enfant, également dans la journée et au cours de la semaine, lorsque Kathrine était au bureau.

Après son travail, elle allait chez sa mère. Tous trois dînaient, puis Kathrine prenait l'enfant dans ses bras et retournait chez elle. Un beau jour l'enfant apprit à marcher tout seul, et elle n'eut plus besoin de le porter. C'était l'été. Puis les jours se firent plus courts, l'automne arriva, la première neige, et ce fut l'hiver.

Il y avait déjà des semaines que le soleil avait disparu, et il ne faisait plus jamais jour. La nuit recouvrait le paysage. Le village était cerné par les ténèbres. La lueur des réverbères constituait une sorte d'univers dont personne ne s'éloignait. Le prochain village se trouvait à quarante kilomètres, quatre-vingts par la route qui traversait le paysage désert, s'enfonçait vers l'intérieur du pays pour revenir ensuite jusqu'à la côte. Lorsqu'il neigeait, lorsque la neige tombait sans discontinuer, la route était interdite à la circulation. Alors le petit aérodrome, un peu à l'écart du village en haut d'une colline, était lui aussi fermé, et plus aucun bus n'arrivait, plus aucun avion, seulement le bateau de l'express côtier, dans la soirée, en route vers le sud, puis, tard dans la nuit, se dirigeant vers Kirkenes, à la frontière russe.

Il neigeait souvent, et il faisait sombre et froid. Le père de Kathrine mourut, il ne se réveilla pas un matin. Il n'était pas encore vieux. Le pasteur était venu et s'était assis avec sa mère dans la cuisine. Kathrine avait fait du café, puis avait pris l'enfant par la main et était rentrée chez elle. Le pasteur et sa mère étaient toujours assis en silence à la table de la cuisine.

Le dimanche, le pasteur avait parlé du torrent de la vie qui se jette dans la mer de l'éternité. Alors tous les êtres vivants qui se trouveront à nager là vivront heureux, avait-il dit. Il y aura une grande quantité de poissons. Car dès que cette eau atteint la mer, l'eau salée est assainie et il y aura de la vie partout où pénétrera le torrent.

Les fidèles étaient alors sortis de l'église pour se rendre au cimetière dans l'obscurité et la neige épaisse. Il avait fallu réchauffer le sol quatre jours durant pour que les fossoyeurs puissent creuser la tombe.

Le printemps était venu tardivement cette année-là. En automne, Kathrine avait eu vingt-cinq ans. Sa mère, comme chaque année, avait fait un gâteau, et le samedi ils étaient tous allés à l'*Elvekroa* et avaient fait une fête dont on avait longtemps parlé au village.

Le lundi, Kathrine avait contrôlé le *Verchneuralsk.* Elle était passée rapidement au bureau des douanes, avait rédigé un rapport, et son patron l'avait renvoyée dehors. Ce jour-là, le temps était à la tempête, en mer les vagues atteignaient la hauteur d'une maison, et tous ceux qui le pouvaient cherchaient un port. Trente chalutiers étaient déjà arrivés, la plupart n'auraient dû revenir à terre que dans une semaine. Le chef avait jeté les fax de la surveillance côtière à la poubelle et dit que la journée serait rude. Tout le monde devait se tenir sur le pied de guerre.

Les bateaux étaient stationnés dans le port ou amarrés aux ponts flottants que les Russes avaient construits à la sortie du village. Partout, des marins russes se tenaient par groupes. Ils restaient là, debout, à attendre, à discuter, et les habitants changeaient de trottoir. Ils restaient plantés devant Rimi et les autres supermarchés, s'agglutinaient autour du kiosque, ou mangeaient des yeux la vitrine de la boutique d'ordinateurs et celle de l'électronique marine. En route vers le port, Kathrine s'arrêta pour contrôler un groupe. Les Russes avaient parfois dans leurs sacs en plastique de la vodka ou des cigarettes de contrebande qu'ils revendaient au village.

Le *Verchneuralsk* avait déjà été déchargé. Kathrine savait qu'elle ne trouverait rien, ni vodka ni cigarettes, rien, mais elle montait quand même chaque fois sur le bateau quand il était à quai. Alors Alexander, le capitaine, l'invitait dans sa minuscule cabine et abaissait la table, qui était maintenue au plafond par deux crochets. Il s'asseyait sur la couchette et laissait la chaise à Kathrine, puis ils échangeaient quelques mots bien qu'ils puissent à peine se comprendre. Chaque fois Alexander lui proposait une vodka, et chaque fois elle refusait. Elle essayait de lui expliquer qu'elle n'avait pas le droit d'accepter quoi que ce soit de lui, mais il se mettait à rire et lui versait quand même un verre auquel elle ne touchait pas. Puis Alexander faisait du café en poudre et lui parlait de sa femme, de ses deux filles, Nina et Xenia, de Mourmansk. Il lui disait qu'elle devrait un jour venir lui rendre visite là-bas. La ville était belle, disait-il en lui montrant des cartes postales. Le cinéma Atlantika, la piscine, la statue géante d'un soldat commémorant les défenseurs des régions polaires soviétiques lors de la Seconde Guerre mondiale. Il sortait parfois son album pour lui montrer des photos. Des ports où il était allé, des îles Shetland, des îles Féroé, des Lofoten. Et il demandait à Kathrine pourquoi enfin elle ne s'en allait pas d'ici.

« Tu es jeune », disait-il, comme si c'était un argument, « et tu es belle. »

Mais ça la faisait simplement rire.

Le gros temps émigra vers l'est. À midi le thermomètre montait déjà au-dessus de zéro, et la neige était vieille et dure. Kathrine partit en skis jusqu'au phare, ça faisait longtemps qu'elle n'y était pas allée. Elle ne savait pas qui était de service ce mois-ci, mais cela n'avait aucune importance, les gardiens étaient quoi qu'il en soit tous pareils. Tous auparavant avaient été pêcheurs, c'étaient des célibataires ou des veufs qui accomplissaient leur tâche vingt ans durant sans paraître prendre la moindre ride et qui un beau jour mouraient, sans plus de façons. Ils prenaient soin de l'appartement, veillaient au bon fonctionnement des instruments, regardaient la mer avec de grandes jumelles et observaient les bateaux qui passaient. Ils se réjouissaient quand Kathrine leur rendait visite. Ils parlaient alors beaucoup, lui racontaient des histoires de temps immémoriaux, lui parlaient de personnes mortes depuis bien longtemps ou parties vivre ailleurs. Ils racontaient toujours les mêmes histoires, parlaient sans discontinuer et, pourtant, étaient aussi moroses que le paysage.

Kathrine revint au village à travers un paysage couvert de neige, immense et désertique, des plaines sans fin, des petites buttes de faible amplitude, entre fjords et montagnes. Le fjeld ressemblait aux traits hâtifs d'une esquisse. Russie, Finlande, Suède, Norvège, tous ces pays, là-haut, paraissaient sortis du même tonneau. Les frontières se trouvaient sous la neige, la neige unifiait tout, l'obscurité occultait tout. Les véritables frontières étaient ailleurs : entre le jour et la nuit, l'hiver et l'été, entre les personnes.

À un moment, Kathrine aperçut quelques rennes. Ils se tenaient tout près les uns des autres et regardaient tous dans la même direction. C'était le printemps, les nuits étaient brèves et claires, mais la neige ne disparaîtrait qu'au début de l'été, pour quelques mois.

Kathrine avait divorcé de Helge parce qu'il était buveur et bagarreur. Il n'avait jamais osé la frapper, mais elle le méprisait et, un beau jour, l'avait fichu à la porte. Il n'était jamais revenu. Elle l'apercevait chaque jour, lorsqu'il rentrait de son travail à la conserverie et traversait le village sur sa vieille Harley pour se rendre au baraquement où il habitait désormais avec quelques autres ouvriers, lorsqu'il redescendait au port, remontait et redescendait. Ensuite il allait à l'*Elvekroa*, se saoulait, puis après minuit, Kathrine entendait une fois encore pétarader sa moto, un vrombissement qui s'éloignait peu à peu pour se taire finalement.

Kathrine rendait parfois visite à une amie,

ou quelques amies venaient la voir, et les enfants jouaient jusqu'à l'épuisement. Les mères retournaient alors chez elles en les portant dans leurs bras.

Plus on avançait en âge, plus on avait de peine à supporter l'obscurité et le froid. Tout le monde le disait et peut-être y avait-il là une part de vrai. Les vieux ne disaient rien, ils étaient assis silencieux dans leurs maisons, ils regardaient la télévision et attendaient.

On rendait des visites, ou bien on en recevait. Les portes des maisons restaient toujours ouvertes, il y avait de la lumière aux fenêtres. On prenait la voiture pour aller de maison à maison. On se retrouvait au foyer des pêcheurs ou au pub, l'*Elvekroa*. On buvait du thé et du café et on se racontait des histoires. On buvait de la bière jusqu'à en oublier l'obscurité.

Les hommes, c'était la blague qui circulait, refusaient de se marier en hiver parce que la nuit de noces durait alors trois mois. C'était une blague qu'on entendait souvent. Pourquoi ne s'est-il pas marié en hiver ? Parce que la nuit de noces aurait alors duré trois mois.

On se mariait en été, et en hiver on divorçait, on passait alors une nuit avec un autre homme, qui n'épargnait pas sa peine. Des nuits dans un autre lit, d'autres mains, d'autres mots, qui pourtant disaient la même chose. Reste encore un peu, viens sous ma couverture, il fait froid. Tourne-toi. Qu'est-ce que tu veux ? Je ne sais pas. Ne dis rien.

Le midi, Kathrine mangeait au foyer des pêcheurs avec ses collègues de la douane. Svanhild y faisait la cuisine et les mareyeurs de l'Office national de pêche russe y habitaient parfois, ainsi que les mécaniciens et les marins, lorsque leurs bateaux devaient être révisés.

Lors d'une fête à l'*Elvekroa*, Kathrine fit la connaissance de Christian, un Danois venu passer quelques mois au village afin de surveiller l'installation d'un nouveau système de pesage à la conserverie. Christian ressemblait à l'image que Kathrine se faisait d'un Danois. Tout en lui était lumineux, ses yeux, ses cheveux, sa peau. Il n'était pas gros, mais les traits de son visage et ses mains étaient mous, sans tonus. Il avait la voix douce et un ordinateur portable connecté à Internet. Kathrine lui rendit visite à plusieurs reprises dans son appartement aux abords du village. Il lui montra le site de l'entreprise pour laquelle il travaillait, et Kathrine s'attendait à ce qu'il l'embrasse, mais il n'en fit rien.

Christian s'en alla. Entre-temps Kathrine s'était elle aussi connectée sur Internet et, pendant un certain temps, ils s'envoyèrent des e-mails. Parfois ceux de Christian lui parvenaient d'autres pays où il était allé surveiller l'installation de nouveaux systèmes de pesage dans d'autres conserveries. Au début ses messages étaient toujours extrêmement enthousiastes à propos de ces pays, puis il ne parlait plus ensuite que de son travail, un beau jour enfin les mails lui parvenaient à nouveau de Århus, là où il habitait et où se trouvait le siège de l'entreprise pour laquelle il travaillait.

Kathrine parla de Christian à Alexander. Alexander n'était jamais allé à Århus mais il avait entendu dire que la ville était belle.

« Pourquoi ne lui rends-tu pas visite un jour ? » lui demanda-t-il.

Kathrine se mit à rire.

Alexander dit : « Tu attends trop des gens. C'est toi qui es responsable de ta propre vie.

— Tu as étudié la psychologie ? demanda Kathrine. Tu parles comme si tu avais fait des études de psychologie.

— *No problem* », répondit Alexander en buvant la vodka qu'il avait versée à l'intention de Kathrine, puis il rattacha la table aux deux crochets du plafond.

Dans la soirée, le *Verchneuralsk* reprit la mer et Kathrine, pour la première fois depuis des mois, se rendit au pub. Elle avait déposé l'enfant chez sa mère. Elle suivit un homme chez lui et y passa la nuit. Ils avaient été amis un temps. Deux semaines plus tard, le *Verchneuralsk* revint, les soutes pleines de poissons et de glace.

Parfois, lorsque le temps était très mauvais, Kathrine écoutait la météo à la radio. La force des vents, les localisations, Jan Mayen, le Groenland, Svalbard, Terre-Neuve, le méridien zéro. Elle pensait alors à Alexander et à ses hommes. Bien qu'elle connût parfaitement le bateau, elle avait peine à se l'imaginer quelque part sur la mer dans l'obscurité, lorsque les vagues passaient par-dessus le pont et que, dans le tangage incessant, les hommes à bord relevaient les filets, de nuit comme de jour. Elle espérait qu'ils allaient bien.

L'automne arriva, puis l'hiver. L'année se termina, une nouvelle commença. C'était le printemps.

La matinée était argentée et limpide. Le vent soufflait avec violence en provenance de la mer de Barents, et les vagues étaient couronnées d'écume. Christian travaillait alors au

Portugal et lui écrivit que là-bas les pêchers étaient en fleur, que le soir il s'asseyait dehors et que les Portugaises étaient très différentes des Danoises et des Norvégiennes. Kathrine lui écrivit qu'elle était sur le point de se remarier et Christian lui retourna ses vœux de bonheur. Elle ne savait pas si elle devait se réjouir. Elle se réjouit lorsque la pluie tomba pour la première fois cette année-là et que la couche de neige fondit de moitié dans la nuit.

Kathrine épousa Thomas, ils ne se connaissaient que depuis six mois. Thomas n'avait nulle envie de faire un voyage de noces, il était déjà allé partout. Il lui parla de l'Afrique. Il lui dit que l'Afrique était le pays qu'il préférait. Lorsque Kathrine lui dit qu'elle n'était jamais allée au sud du Cercle polaire, il s'esclaffa et dit qu'il ne la croyait pas. Mais si, avait-elle dit.

Durant l'été, Kathrine et ses collègues mirent la main sur un Russe qui avait introduit en fraude dix mille pilules d'ecstasy. L'appréhender n'avait pas été difficile. Sans cesse il souriait et s'excusait pour la peine qu'il leur avait donnée. *No problem*, avait-il dit, lorsqu'on l'avait emmené par bateau à Vadsø, où il était passé devant le tribunal et avait atterri en prison. Lorsqu'il avait été relâché, il avait disparu et plus jamais on ne l'avait revu au village.

Kathrine parla de son cas avec Alexander. Elle lui dit que tout trafiquant finissait par être attrapé un jour, et qu'il était dangereux de frayer avec les dealers. Alexander éclata de rire et lui fit un clin d'œil. Elle haussa les épaules et ne toucha pas à la vodka qu'il lui avait versée, mais but le café. Alexander dit qu'il n'avait pas reçu sa paie depuis trois mois. Elle lui offrit de l'argent, mais il n'en voulut pas et lui fit cadeau d'un pain russe.

Un jour, alors que l'hiver était de retour et qu'une violente tempête faisait rage, le *Verchneuralsk* passa la nuit au port. Kathrine avait rendu visite à Alexander dans l'après-midi. Il lui avait fait cadeau d'une demi-merluche dans un sac de plastique avec de la glace. Le soir, tandis qu'elle rentrait chez elle, Kathrine aperçut de loin Alexander et ses hommes entrer dans le pub. Elle souleva le sac avec le poisson et lui fit un signe de la main. Les hommes ne la virent pas. Elle leur cria quelque chose, mais la tempête avala ses mots.

La neige traversait à l'horizontale le faisceau lumineux des réverbères. Lorsque Kathrine arriva à la maison, Thomas était déjà là. Il était assis avec l'enfant dans la cuisine. Ils étaient en train de jouer.

« Voilà Maman, dit Thomas en embrassant Kathrine.

— Aujourd'hui on mange de la merluche », dit Kathrine, mais l'enfant protesta, Thomas aussi. Il dit qu'il allait chercher des hot-dogs au kiosque et sortit.

L'enfant était assis à la table. Kathrine posa sa main sur son épaule.

« Tu as fait tes devoirs ? lui demanda-t-elle. Tu aimes bien Thomas ?

— Il est gentil, répondit l'enfant. On a joué.

— Tu as gagné ?

— On n'a pas encore fini », dit l'enfant.

Kathrine déplaça l'une des figures de bois une case plus loin en disant, je t'aide un peu. L'enfant lui dit alors que le bon Dieu voyait tout et remit la figure à sa place en la maintenant bien fort jusqu'à ce que Kathrine disparaisse dans le couloir pour enlever ses chaussures.

« Et qu'est-ce que je fais du poisson ? » demanda-t-elle lorsque Thomas fut de retour.

Le jour suivant, Alexander avait disparu.

Une femme, que tous connaissaient, dit qu'elle l'avait vu sortir du village à une heure et demie du matin. Elle dit qu'elle n'avait pas pu dormir. Qu'il était alors comme d'habitude, pas ivre. Toute la journée on rechercha Alexander, mais on ne trouva même pas ses traces dans la neige, et finalement le *Verchneuralsk* reprit la mer.

Kathrine était assise au foyer des pêcheurs et regardait par la fenêtre. Elle traversa le village. Le soleil ne s'était pas levé depuis déjà quelques semaines. Aux fenêtres des maisons il y avait de la lumière. Les réverbères restaient éclairés jour et nuit, et, même au cimetière, les tombes étaient éclairées. À Noël, Kathrine pensa à la femme d'Alexander, à ses deux filles. Elle voulut leur écrire mais ne sut pas quoi et elle en resta là. Thomas fit cadeau à Kathrine d'un wok électrique.

Svanhild ne demanda pas à Kathrine pourquoi elle voulait une chambre mais seulement combien de temps elle resterait. Kathrine répondit, une nuit, peut-être plus. Svanhild lui tendit une clé. Il était tard.

La chambre était petite et étouffante de chaleur, de cette chaleur sèche que dispense l'électricité. Elle sentait la poussière bien que toutes les surfaces fussent vitrifiées : le plancher était en stratifié, les panneaux des murs en synthétique, les meubles bon marché recouverts de mélaminé.

Kathrine ouvrit la fenêtre basculante aussi grande qu'elle le put et alluma le téléviseur qui était relié au mur par un bras en acier. Elle opta pour une chaîne d'informations en anglais et régla le son suffisamment bas pour pouvoir encore entendre la présentatrice mais ne plus comprendre ce qu'elle disait. Elle s'allongea sur le lit. Le couvre-lit n'était pas vieux mais couvert de brûlures de cigarettes et de taches qui au long des lavages répétés s'étaient incrustées au plus profond de l'étoffe. Elle se leva et marcha jusqu'à la fenêtre. La chambre se trouvait au sous-sol du bâtiment, la fenêtre au ras de la rue.

Kathrine regarda cette rue qu'elle prenait chaque matin pour se rendre à son travail. Elle songea aux différents pensionnaires qui avaient dormi dans cette chambre : marins, mareyeurs, mécaniciens. Peut-être Christian avait-il passé là ses premières nuits, avant de se trouver un appartement. Peut-être, en train de fumer une cigarette à la fenêtre, l'avait-il vue passer le matin, de cette étrange perspective. Avant qu'ils ne fassent connaissance. L'un de ces matins d'hiver, lorsqu'il faut regarder sa montre pour savoir si la journée a déjà commencé. Lorsque le jour ne se lève plus, ou seulement à midi, pour une heure ou deux. Peut-être Christian l'avait-il observée. Elle ne se souvenait plus si jadis à l'*Elvekroa*, c'était lui ou elle qui avait parlé en premier. Cette femme qui chaque matin passait devant cette fenêtre n'était pas elle, elle avait l'impression d'être devenue une autre, une étrangère, visiteuse atterrie par hasard, dans ce village inconnu, en cette année nouvelle, cette année qui venait tout juste de commencer. Elle avait pris l'express côtier, avait débarqué sur un coup de tête et s'était loué une chambre. Demain elle continuerait son voyage et oublierait le nom de ce village. Kathrine avait l'esprit confus et cette confusion l'effrayait. Il lui semblait avoir perdu toute attache, être sortie de sa vie comme on sort d'une maison, et la voir désormais de l'extérieur, d'en bas, de cinquante centimètres, la hauteur même d'où vous regarde un chien, ou cette jeune enfant qu'elle était lorsque ses parents étaient arrivés au village. Elle était perdue dans ses souvenirs. Il n'y avait plus d'avant, plus d'après. Toute sa vie semblait être étalée là, comme le village. Toutes les personnes qu'elle avait connues étaient encore présentes, même son père mort quatre années auparavant, même Alexander, même Christian qui devait se trouver à l'heure actuelle quelque part en Espagne, au Portugal ou en France. Rien ne changeait, rien n'avait changé. Elle pouvait se rendre à son école, et y revivre ses premières heures de classe, puis à l'*Elvekroa* danser avec Helge. Il lui ferait l'enfant. En bas, au port, le *Verchneuralsk* était en train d'arriver, Christian revenait de son travail à la conserverie de poissons, il partait en voyage, l'enfant venait au monde, Kathrine avait seize ans, fumait sa première cigarette, embrassait un garçon pour la première fois. Elle était assise avec Morten près des vieilles fortifications allemandes, et de là-haut ils regardaient le village, en projetant de faire à Paris un voyage qu'ils ne feraient jamais. Kathrine allait à la bibliothèque, elle empruntait des livres qu'elle ne parvenait pas encore à comprendre puis auxquels elle ne trouvait plus aucun intérêt. Elle buvait un café avec Alexander. Son père tomba malade, l'enfant tomba malade, Kathrine tomba malade. Helge rentrait saoul à la maison. Les hivers étaient sans fin. Kathrine rendait visite à ses amies et les enfants jouaient. Puis c'était son second mariage, la fête chez les parents de Thomas. Sa mère avait passé toute la sainte journée à aider dans la cuisine. Lorsque Kathrine avait voulu l'en faire sortir, elle avait refusé. Elle avait emprunté un tablier à la mère de Thomas et faisait honte à Kathrine. Thomas et les autres hommes étaient assis dans la bibliothèque et fumaient des cigares, les femmes étaient assises au salon et buvaient du thé. Kathrine ne savait pas où aller.

C'est seulement en pensant à Thomas que l'ordre se fit dans ses pensées. Sa vie à lui avait un sens. Il avait toujours su ce qu'il voulait, où il voulait en venir. Il avait été élevé à Tromsø, avait été un bon écolier, avait fait des études, avait travaillé. Puis sa grand-mère était morte et ses parents avaient déménagé au village, dans la grande maison, l'une des plus belles, avec un grand jardin. Le père de Thomas avait pris une retraite prématurée et passait son temps à lire la Bible et à faire fructifier ses biens. La mère de Thomas prenait une part active à la vie de la commune, elle s'était fait élire membre du conseil directorial de l'école et du comité de gestion de la bibliothèque.

Alors Thomas était arrivé au village, il était devenu chef de production à la conserverie de poissons. Kathrine l'avait connu à la vente de charité de l'église. Il donnait un coup de main à sa mère au stand du jardin d'enfants, où ils vendaient des petits objets que les enfants et leurs mères avaient confectionnés tout au long de l'année. Kathrine était venue accompagnée de son enfant avec qui Thomas s'était immédiatement mis à parler, mais sans quitter Kathrine des yeux. Cela lui avait alors déplu, elle n'aimait pas sa façon de lui parler, comme s'il avait été son père. L'enfant l'avait adoré, peut-être que son père lui manquait. Tout le monde n'arrêtait pas de le dire. L'enfant a besoin d'un père.

Plus tard Thomas était venu s'asseoir à leur table, alors que dans la maison de la paroisse ils buvaient du chocolat chaud et mangeaient des gâteaux. Il avait demandé si la chaise près d'elle était libre, et s'était assis avant même qu'elle n'ait eu le temps de répondre. Puis il lui avait parlé de lui, de son travail, de son enfance à Tromsø, de ses voyages. Kathrine ne l'appréciait toujours pas, mais l'enfant rayonnait de joie comme ça ne lui était pas arrivé depuis longtemps, il était tout excité.

Thomas lui avait fait cadeau d'un petit jouet. Helge était assis avec quelques collègues à une table, dans un coin. Ils avaient apporté de la bière et buvaient en discutant haut et fort des mauvaises pêches de ces derniers mois, de motos, de femmes. À un moment Helge jeta un regard vers Kathrine et grimaça un rictus quand il l'aperçut assise à la même table que Thomas. Thomas était son chef, mais Helge se désintéressait de Kathrine et de l'enfant depuis que Kathrine lui avait dit qu'il ne devait plus payer de pension alimentaire, qu'il n'avait qu'à lui fiche la paix.

Thomas avait ensuite à plusieurs reprises appelé Kathrine au téléphone, il l'avait invitée à prendre un café, puis plus tard à dîner. Elle avait accepté les invitations, elle ne savait plus elle-même pourquoi. Peut-être rêvait-elle comme l'enfant d'une famille, d'une grande maison, d'une vie insouciante. Puis il les avait emmenés tous deux déjeuner chez ses parents, un dimanche. Ça avait été un repas horrible, guindé, rempli de maladresses et de moments embarrassants. Mais lorsque Kathrine était allée sous la véranda fumer une cigarette, Thomas l'avait suivie et l'avait embrassée, et elle aussi elle l'avait embrassé avec ce sourd désespoir qui dans cette froide maison l'avait étreinte.

Tout ce qui était arrivé par la suite avait été une erreur. Kathrine avait été décontenancée par la détermination de Thomas, subjuguée par ses récits, par son passé, par son avenir. Ce soir-là déjà ils avaient couché ensemble pour la première fois, dans le salon de Kathrine, à la hâte, pendant que l'enfant jouait dans la chambre avec le train dont Thomas lui avait fait cadeau. Thomas s'était mis à genoux devant le canapé. Il ne s'était même pas déshabillé entièrement.

Ce même jour, Kathrine avait fait la connaissance de la sœur de Thomas, Veronica, et de son mari Einar. Ils habitaient à l'époque dans la grande maison avec les parents de Thomas. Einar gérait la petite boutique d'ordinateurs de la rue principale. Mais les affaires n'étaient pas florissantes et Veronica et Einar décidèrent de repartir vivre à Tromsø. Alors Thomas dit que l'appartement dans la maison allait être libre. Si nous prenons l'appartement, avait-il dit, nous aurons la maison quand mes parents seront morts. Mais ça c'était plus tard, quand ils étaient déjà mariés et que Thomas habitait déjà chez Kathrine.

Thomas savait ce qu'il voulait. Quand il commença à parler de mariage, Kathrine n'y avait pas même encore songé. Son existence s'effilochait au gré des paysages aléatoires dont sa vie était faite. Pareille à ces pistes jalonnées de piquets qu'empruntent les traîneaux dans la neige, sa vie à lui avait une direction et un but. Peut-être Thomas ignorait-il lui-même pourquoi il avait choisi cette route, mais il avait un beau jour planté les piquets et c'était une route sur laquelle on pouvait marcher, sur laquelle il voulait marcher avec elle.

Kathrine était fatiguée. Thomas était certainement déjà au lit. Il avait toujours eu un bon sommeil. La conscience en paix, avait-il dit parfois en riant, et Kathrine n'en avait pas alors compris la raison. Elle avait la conscience en paix. Elle n'avait jamais dit qu'elle l'aimait. Et elle ne lui dissimulait rien. S'il voulait savoir quelque chose, il n'avait qu'à lui demander. Mais il ne l'interrogeait jamais sur sa vie passée. Elle n'était même pas certaine qu'il sache que Helge avait été son premier mari. Ce que je ne sais pas !... disait-il parfois en riant.

Thomas. C'était ainsi qu'il s'appelait. Son mari. Mon mari, pensa-t-elle. Il avait trente ans, deux ans de plus qu'elle. Sa famille c'était sa famille. Tout le reste n'était que mensonges.

Thomas, mon mari, pensa Kathrine. Lorsqu'ils s'étaient mariés, voilà des mois déjà qu'ils ne couchaient plus ensemble. Pendant leur nuit de noces, elle l'avait incité à quelque chose, qu'il avait qualifié plus tard de « faire mumuse ». Mais ils ne s'étaient pas amusés. Ensuite, ils n'en avaient plus jamais reparlé. Thomas évitait le sujet tout comme la chose elle-même. La chose, disait Kathrine en pouffant. Entre-temps, un an s'était à nouveau écoulé sans qu'ils couchent ensemble – ou, comme elle disait, elle, qu'ils fassent l'amour.

« Pourquoi l'as-tu donc épousé ? » lui avait demandé Morten, alors qu'elle lui racontait tout ça.

« Parce qu'il m'aimait », avait répondu Kathrine.

Mon mari, mon mari Thomas, s'écria Kathrine devant la fenêtre ouverte. Elle sourit. Un homme qui passait de l'autre côté de la rue lorgna vers elle, un marin ivre. Il lui fit un signe, elle fit de même. Il lui dit quelque chose qu'elle ne comprit pas. Elle lui répondit, quelques mots qui pouvaient ressembler à une amabilité, à une invite. L'homme hocha la tête et poursuivit sa route. Kathrine ferma la fenêtre.

À l'étage supérieur de la conserverie de poissons Nils H. Nilsen, quelques fenêtres étaient éclairées. Des appartements d'ouvriers immigrés. Kathrine s'imagina les différentes pièces derrière ces fenêtres, les personnes assises là, en train de lire ou de regarder la télévision. Qui s'aimaient ou se haïssaient. Elle s'imagina que quelqu'un, d'une des fenêtres, la regardait elle, à sa fenêtre, où elle se trouvait encore. Et quand elle se fut de nouveau allongée sur son lit, elle s'imagina que quelqu'un, de là-bas, en face, voyait la lumière à sa fenêtre, sans la voir elle, et se demandait qui pouvait bien habiter cette chambre. Se le redemandait chaque soir, et chaque soir il y avait une personne différente dans la chambre.

Chaque matin, Kathrine avait coutume de passer devant ce foyer de pêcheurs. Elle était pour le moment assise devant la fenêtre et prenait son petit déjeuner, inclus dans le prix de la chambre. Quand elle sortit dans la rue, elle attendit un instant. C'était comme si elle s'attendait, elle, comme si elle attendait la Kathrine qui n'avait pas soupçonné, questionné, qui ne s'était pas sauvée et dont la vie s'était poursuivie comme à l'accoutumée. Elle regarda vers le haut de la rue, l'endroit d'où elle arrivait chaque matin. Puis elle aperçut Svanhild, à l'intérieur, en train de débarrasser sa table. Elle lui fit un signe, que Svanhild lui retourna avec un sourire, et Kathrine se mit en route.

Elle descendit la rue, d'un pas rapide et sans regarder alentour. Elle pensa à la journée qui l'attendait, au travail qu'elle aurait à faire.

Son chef était déjà dans le bureau. Il fumait une cigarette. Elle ouvrit la fenêtre, prépara le café. Plus tard elle alla chercher le courrier, rapporta au chef, sans le dépouiller, la pile entière. Il voulait tout faire lui-même. Il n'y en avait pas tellement. C'est alors qu'il lui dit d'approcher.

« Cette lettre n'est pas pour moi », avait-il dit en lui tendant une enveloppe qui lui était adressée, ainsi que deux pages tapées serrées à la machine à écrire. Kathrine commença à lire. Tout en lisant, elle sentait le regard de son chef posé sur elle. Mais il ne disait rien. Il attendait.

« Ne t'avise jamais de réapparaître chez nous. Ôte tes sales griffes de notre frère, beau-frère et fils ! Tu as abusé de notre hospitalité et de notre confiance et tu as introduit la souillure dans notre maison. Nous t'avons débusquée et jamais plus nous ne nous laisserons aveugler par une chienne aussi corrompue. À toi désormais de porter seule le poids de tes impudicités et de tes abominations. »

Le téléphone sonna, mais Kathrine se contenta de le regarder et son chef le regarda lui aussi. Kathrine entendit le téléphone sonner et ressonner, puis finalement se taire. L'un de ses collègues sortit du bureau des douanes et se mit en route vers un bateau qui venait tout juste d'arriver à quai. Kathrine tenait toujours entre ses mains la lettre, la deuxième page. Elle avait posé la première sur la table. Elle parcourut à nouveau les dernières phrases.

« Qu'on ne se revoie plus jamais. Débrouille-toi pour t'en dégoter un autre mais fais grâce à Thomas, fais-nous grâce. À aucun prix nous ne pourrions tolérer à nouveau ta présence sous notre toit ! Dieu te punira pour tes actions, espèce de sale putain ! Car l'Éternel connaît la voie des justes. Et la voie des pécheurs mène à la ruine. »

Kathrine s'assit puis se releva aussitôt. Du paquet de son chef, qui se trouvait sur la table, elle sortit une cigarette. Il lui tendit du feu. Elle avait maintenant déposé la seconde page sur la table. Son chef la saisit et lut à voix haute : « Copie de cette lettre transmise à ta mère, à Thomas, à Morten et à tous ceux qui en souhaiteraient une. » Il déchira la lettre en mille morceaux et la jeta dans la corbeille. Il sourit.

« Frère, beau-frère, fils, dit-il. Cette bande de givrés. Tu ne prends pas ça au sérieux. » Ce n'était pas une question, c'était un ordre.

« Je ne sais pas de quoi il s'agit, mais je ne souhaite pas de copie. Je considère cette affaire comme définitivement réglée. Ne me raconte rien. »

Lorsque Kathrine pensait au bureau, la seule chose qui lui venait à l'esprit était le tapis, qui remontait jusque sur les murs et lui avait toujours donné l'impression de ne pas se tenir debout sur le sol. Comme si, dans le bureau, tout n'était que provisoirement posé sur ce tapis et disparaîtrait un jour avec lui, quand l'administration des douanes d'Oslo accorderait enfin les fonds pour la rénovation prévue depuis longtemps déjà, et que des ouvriers viendraient le rouler et le porter en bas dans la rue pour le jeter aux ordures.

Son chef avait dit qu'il considérait l'affaire comme réglée, mais Kathrine savait, elle, qu'elle ne l'était pas, que la lettre resterait éternellement là, entre elle et lui, même s'il savait, même s'il croyait dur comme fer que tout n'était que mensonges.

Aux alentours de midi, sa mère lui avait téléphoné au bureau. Elle l'avait fait seulement une autre fois, le jour de la mort de son père. Kathrine l'avait assurée que ce n'étaient que des fables, et sa mère avait tenté de la calmer. Mais Kathrine avait senti comme un soupçon dans sa voix et raccroché très vite.

Kathrine était allée déjeuner, comme chaque jour, avec ses collègues. Elle avait regardé avec attention les visages des autres convives et s'était demandé qui d'entre eux avait pu recevoir la lettre. Mais personne n'avait manifesté quoi que ce soit. Elle avait eu l'impression d'être la seule figure humaine égarée au beau milieu d'animaux en train de brouter. Après le déjeuner, elle était restée au foyer des pêcheurs, cachée tout l'après-midi dans sa chambre, et avait beaucoup pleuré.

Le jour suivant, elle n'était pas allée au bureau. Pas non plus le jour d'après. Elle n'y était plus allée du tout. Elle n'avait pas donné son congé et était quand même un peu étonnée que son chef ne l'appelle pas.

Kathrine était assise dans sa chambre. Elle pensait au bureau, à son chef, à ses collègues. Elle regarda par la fenêtre et vit les ouvriers se rendre à la conserverie, les enfants aller à l'école, les femmes sortir des maisons et partir faire leurs courses. Elle s'allongea sur le lit, puis se releva. Voilà que déjà les employés de bureau de la conserverie et de la mairie arrivaient chez Svanhild pour boire un café. Quelques marins marchaient dans la rue, trois vieilles femmes avec des cannes s'arrêtèrent pile devant sa fenêtre, elles restèrent là debout sans parler, puis repartirent.

À un moment, Kathrine entendit un bruit dans la chambre attenante et se demanda comment les pêcheurs russes vivaient ici lorsque leurs bateaux étaient immobilisés au port pour une visite d'entretien ou une réparation. Dans ces chambres faciles à nettoyer à cause des surfaces en synthétique. Il n'y avait plus qu'un coup de lavette à donner quand ils repartaient en haute mer, vivre dans une cabine exiguë, une semaine, deux semaines durant, sur l'un de ces chalutiers rouillés où tout bougeait sans cesse.

Kathrine connaissait ces cabines pour les avoir fouillées tant et plus. Certains marins avaient des pin-up punaisées aux murs et ils mettaient la musique plus fort quand elle arrivait. Elle sentait leurs regards lorsqu'elle se baissait pour regarder sous leurs couchettes et que sa salopette se tendait sur ses fesses. Parfois ça lui plaisait, et parfois ça lui faisait peur. Chez d'autres, était accrochée au mur l'image d'un saint ou de la Vierge Marie. Sur le pont le plus bas, là où vivaient les matelots, les hommes dormaient à trois dans une cabine. Kathrine regardait dans les armoires, poussait sur le côté les boîtes de Nescafé vides. La vodka se trouvait la plupart du temps derrière les tiroirs, sous la couchette. Deux ou trois bouteilles, rarement plus. Les marins se tenaient à la porte de leurs cabines. Ils portaient des pantoufles et de grosses vestes brodées, ils souriaient d'un air contrit en disant, *no problem*, pendant que Kathrine rédigeait la quittance de l'amende. Ces hommes lui faisaient de la peine, avec leurs calendriers dessinés à la main sur lesquels ils rayaient les jours, les semaines, les mois les séparant de leur retour chez eux. Ils avaient pourtant quelque part un appartement, peut-être même une femme et un enfant ou deux. Ils avaient des armoires dans lesquelles leurs vêtements étaient rangés, des murs sur lesquels des photos étaient accrochées. Ils avaient ce que Kathrine, elle, n'avait plus.

Thomas, après être venu s'installer chez elle, avait lentement pris possession de sa vie et de son appartement. Il avait joué le grand seigneur, avait acheté de nouvelles choses, des choses chères. Ses meubles lui avaient déplu, il s'était moqué de ses livres jusqu'à ce qu'elle finisse par les donner à la bibliothèque, ou les jette tout simplement. Et chaque fois qu'ils rangeaient – et Thomas était un maniaque du rangement –, chaque fois quelque chose disparaissait, jusqu'à ce qu'il ne reste presque plus rien. Des nids à poussière, disait-il. Tu ne les regardes jamais, alors à quoi ça sert. Elle s'était dit que c'était par amour. Elle s'était dit qu'ils se construisaient ensemble quelque chose, alors que Thomas s'était contenté de l'insérer dans sa propre vie. Il avait essayé de la modeler, de l'éduquer jusqu'à ce qu'elle lui soit conforme, qu'elle cadre avec la vie qu'il avait l'intention de vivre. Jusqu'à ce que son propre appartement lui devienne, à elle, aussi étranger que la grande maison des parents, que lui-même, que la vie qu'elle menait auprès de lui.

Quand la lettre arriva, Kathrine vivait depuis quatre jours au foyer des pêcheurs. Elle y demeura trois jours encore. Elle n'allait plus au bureau. Elle restait assise dans sa chambre et sortait uniquement pour manger quelque chose dans l'après-midi, lorsqu'il n'y avait presque plus personne dans le restaurant. Svanhild ne posait pas de questions mais était très chaleureuse. Elle restait parfois tout simplement debout près de la table pendant que Kathrine mangeait, sans dire un mot. Au bout d'une semaine, Kathrine retourna dans l'appartement.

Bien que rien ne manquât, elle s'aperçut immédiatement que Thomas avait déménagé, que l'appartement était inhabité. Il devait vivre maintenant chez ses parents, dans les pièces préparées pour eux deux qu'il avait aménagées depuis des semaines sans jamais vouloir les lui montrer. Une surprise. Notre nid, avait-il dit une fois, un nid bien chaud.

Kathrine était debout là, dans l'appartement. Ils avaient déjà donné congé. Dans deux semaines, fin janvier, elle allait devoir partir. Les plantes vertes étaient toutes sèches, il serait impossible de les sauver. Sur la table de la cuisine se trouvait la clé de la boîte aux lettres. Quand Kathrine ouvrit la porte du réfrigérateur, une odeur aigre la saisit à la gorge. Elle vida le reste d'un berlingot de lait dans l'évier, prit une plaque de chocolat entamée et alla s'asseoir dans le salon. Elle ouvrit le courrier de ces derniers jours : de la publicité, une carte de Noël de Christian en provenance de Boulogne, en France. Il écrivait que c'était beau là-bas, mais que dans quelques jours il allait retourner à Århus. Kathrine lut ensuite la lettre que la famille de Thomas avait également envoyée ici. Elle la lut une fois encore.

« Monstrueuse Kathrine, depuis combien

de temps déjà joues-tu à ce jeu ignoble avec notre frère, beau-frère, fils ? Ton mari ne te suffit-il pas pour que tu aies besoin d'aller te divertir avec d'autres, assez lubriques et aveugles pour prendre part à ce jeu. D'un lit dans un autre, quand ça te chante et comme il te plaît. Tu es un serpent rusé. Jadis on lapidait les putains comme toi, mais nous prierons pour toi afin que le Dieu équitable te pardonne tes impudicités. »

Kathrine lut la lettre d'un bout à l'autre, elle lut les signatures, chacun des noms, en épelant chacune des syllabes.

Ils avaient tous signé. Les parents de Thomas, sa sœur Veronica, et Einar, son beau-frère. Kathrine songea aux faire-part de décès, dans lesquels les frères, les sœurs, les enfants, petits-enfants, neveux et nièces font leurs adieux au mort. Elle était elle-même mère, fille, belle-sœur et belle-fille. Divorcée et épouse. Elle pensa alors à Einar, son beau-frère. Même Einar avait signé. Kathrine éclata de rire et fut surprise par le son de son rire dans l'appartement silencieux. Ce n'était pas son rire. Elle riait pour s'entendre rire. Curieux, pensa-t-elle, on pleure seul, mais jamais on ne rit seul. Il ne m'est encore jamais arrivé de rire seule.

Elle en était certaine, c'était Einar qui avait écrit la lettre. Elle pensa au soir où, pour lui dire au revoir, il l'avait embrassée sur la bouche, elle se rappela comme elle avait senti la pointe de sa langue fouiller ses lèvres étroites et sèches, elle se rappela l'odeur de son haleine lorsqu'il lui parlait et l'approchait de trop près. Une odeur qu'il lui était impossible de décrire et qui la dégoûtait aujourd'hui encore.

Elle s'imagina Thomas lisant cette lettre, dans la maison de ses parents. Elle repensa à son habitude d'entrer dans la cuisine en apportant le courrier. Il avait toujours tenu à vider personnellement la boîte aux lettres, même quand Kathrine rentrait avant lui à la maison. Lorsqu'il avait emménagé chez elle, il avait blagué et retiré la clé de la boîte aux lettres de son trousseau. Il allait chercher le courrier, sortait le grand couteau du tiroir et ouvrait lettre après lettre. Il sortait les lettres de leurs enveloppes, les dépliait et les lissait avec sa main. Il les perforait scrupuleusement, et c'est seulement alors qu'il les lisait, l'une après l'autre, puis les rangeait dans ses classeurs.

Kathrine perfora la lettre de la famille de Thomas, sortit le classeur portant l'inscription « Famille de T. » de l'étagère et archiva la lettre. Elle rit en pensant que Thomas serait content d'elle. Mais il avait, de façon certaine, également lu la lettre, peut-être avant même qu'elle ne soit envoyée, peut-être aussi avait-il personnellement aidé à la rédiger. Il n'avait simplement pas signé.

Il y avait également un classeur « Famille de K. ». Thomas l'avait établi pour Kathrine bien qu'elle ne reçût jamais de lettres de sa famille, avec laquelle son père s'était brouillé pour une vieille histoire, ça avait été un miracle qu'elle vienne à son enterrement. Quant à la famille de sa mère, elle n'avait jamais accepté son mariage, et le contact s'était borné aux cartes d'anniversaire et de Noël et à de rares coups de téléphone.

Quand Kathrine avait vu le classeur, elle avait éclaté de rire. Puis, lorsque Thomas avait pris dans ses mains les deux classeurs, « Famille de K. » et « Famille de T. », et les avait soupesés, elle s'était rendu compte que c'était en fait une rosserie de sa part. L'une de ces petites rosseries dont il était coutumier.

Kathrine avait eu en horreur la famille de Thomas depuis le début. La façon dont ils avaient traité Kathrine et Thomas dès le premier jour. Comme s'ils étaient déjà mariés. Les remarques et les allusions désobligeantes lors du fameux repas mais également plus tard : qu'ils ne fermaient pas leur porte lorsqu'il allaient aux toilettes, et qu'ils se promenaient en sous-vêtements lorsque Kathrine venait en visite, la première fois déjà. Voyez comme nous sommes une famille moderne. Et comme ils parlaient d'argent à tout bout de champ. Voyez comme nous sommes aisés. Et comme ils lui donnaient le sentiment d'avoir fait la bonne affaire avec Thomas. Avec une telle famille. Elle, la pauvre mère, seule pour élever son enfant.

Kathrine avait été enfant unique. Une fois, elle avait emmené Thomas voir sa mère. Ils avaient tous trois passé un bel après-midi, étaient allés pêcher des poissons sous la glace. Mais ensuite Thomas avait toujours trouvé des échappatoires et cela avait parfaitement convenu à sa mère que Thomas ne lui rende pas visite. Allez chez lui, disait-elle, que viendriez-vous faire ici, ses parents ont une maison bien plus belle.

Ils avaient continuellement rendu visite à sa famille à lui. Il y avait toujours eu un prétexte, des jours fériés, un anniversaire, une fête dans le jardin. Ils n'avaient pas arrêté d'aller dans la grande maison des parents, et Kathrine en avait eu les oreilles rebattues de cette famille merveilleuse, de sa si belle cohésion, de la bêtise et de l'esprit borné de toutes les autres personnes du village.

Il y avait un sauna dans la grande maison, et, parfois, lorsque Kathrine leur rendait visite, le père allumait le poêle et disait, maintenant on va tous au sauna. Thomas ne voulut pas d'abord, mais le père avait dit, devant le Seigneur nous sommes tous semblables, et il avait ri, d'un rire étrange, surexcité, et ils avaient tous fini par aller au sauna. Kathrine s'était enroulée dans sa serviette-éponge, mais lorsqu'elle s'était levée pour aller se doucher, le père de Thomas lui avait emboîté le pas et avait attendu devant la douche qu'elle ait terminé. Il avait tenu la serviette grande ouverte, mais elle la lui avait prise des mains et avait filé. Elle avait passé la serviette autour de ses hanches, elle était certaine qu'il la suivait des yeux.

Il n'est pas de créature qui échappe à Sa vue, avait dit le père de Thomas un peu plus tard, tandis qu'ils étaient de nouveau assis dans l'étuve, tout est nu et accessible aux yeux de Celui à Qui nous devons rendre compte. Il avait ri en raclant avec sa paume la sueur qui dégoulinait de sa poitrine et de son ventre de telle sorte que les gouttes avaient giclé à travers la pièce jusque sur la nuque de Kathrine.

Ensuite ils avaient bu du thé et le père de Thomas avait dit, maintenant tu fais partie de la famille, Kathrine, bienvenue parmi nous.

Les amies de Kathrine l'avaient félicitée pour son mariage avec Thomas et sa mère était heureuse comme elle ne l'avait pas été depuis longtemps. Thomas lui avait été immédiatement sympathique. Tout comme Kathrine, les premiers temps, elle s'était laissé aveugler par lui. Il était bien de sa personne, toujours de bonne humeur. Il avait voyagé dans le monde entier et avait un travail intéressant, qui plus est bien payé. Au début, Kathrine s'était souvent demandé ce qu'elle avait fait pour mériter un tel homme, ce qu'il pouvait bien lui trouver.

Thomas avait l'un des meilleurs niveaux d'étude de sa promotion, un doctorat de sciences économiques. Il avait été champion des minimes en natation, comptait de nombreux amis partout dans le monde. Il parlait cinq langues couramment et on lui avait proposé de travailler à Oslo comme conseiller personnel d'un ministre. Il était l'inventeur d'un célèbre jeu informatique, et ceinture noire d'un sport de combat peu répandu dans l'Asie de l'Est. Deux fois par semaine il courait les dix kilomètres représentant la distance aller et retour jusqu'à l'aérodrome. Il avait travaillé pendant quelques hivers comme professeur de ski auxiliaire dans le sud de la Norvège. Il avait aussi participé à une excursion avec le prince héritier Håkon, et une autre fois passé la nuit dans un refuge sur le Hardangervidda avec Agneta von ABBA. Et tout n'était que mensonges.

Sans l'aide de Morten, Kathrine n'aurait jamais découvert tout ça. Morten était son plus vieil ami, son seul vrai ami. Ils se connaissaient depuis l'école, des siècles, disaient-ils tous deux. À l'époque tout le monde avait pensé qu'ils se marieraient, mais alors Kathrine avait eu un enfant d'Helge, et après son divorce, soit Morten, soit elle avait eu un flirt, une aventure ou une liaison. Ils s'étaient toujours ratés, comme ils se le disaient parfois lorsqu'ils se rencontraient pour boire une bière ou un café. Pourtant Morten et Kathrine auraient fait un beau couple. Il était brun, pas très grand et mince. Enfant, il avait toujours prétendu avoir une grand-mère française. Ce n'était pas vrai, mais pour cette raison, et parce qu'il embrassait toujours les femmes sur les deux joues, tous l'avaient ensuite surnommé le Français. Kathrine était quasiment certaine qu'il avait des Saamis dans sa famille, comme elle, comme beaucoup au village. Les Norvégiens, les Suédois, les Finlandais et les Saamis s'étaient mêlés ici, dans beaucoup de familles on trouvait aussi des Russes et des Tchétchènes. Les frontières avaient toujours été perméables. Les hommes suivaient les rennes, les bancs de poissons, qui eux n'avaient que faire des frontières. Ils venaient au village pour y travailler pendant quelques années, parce qu'on gagnait bien sa vie à la conserverie. Ils venaient et ils repartaient. Où on habitait n'avait aucune importance, ici il faisait partout froid et sombre. Ça n'a aucune importance, disait Morten, je n'ai plus aucun contact avec ma famille.

Kathrine et Morten se voyaient souvent au village, mais après le mariage de Kathrine avec Thomas ils ne sortirent plus ensemble. Thomas ne voulait pas que Kathrine sorte avec d'autres hommes. Non pas qu'il se méfiât, disait-il, mais le village était petit, et il ne voulait pas que l'on parle en mal de sa femme et de son mariage.

« Et surtout pas avec le Français.

— Pourquoi l'appelles-tu comme ça ? Tu ne le connais même pas.

— J'ai connu beaucoup de Français, ricanait Thomas, et beaucoup de Françaises. »

Et puis, il y a deux semaines, Morten et Kathrine s'étaient rencontrés par hasard. Thomas et Kathrine étaient allés avec l'enfant passer la soirée du nouvel an à Tromsø chez Einar et Veronica. Thomas avait pris quelques jours de congé et voulait faire une escapade à skis avec Einar. Kathrine avait repris l'avion dès le premier janvier parce qu'elle devait travailler et que l'enfant devait aller à l'école. Ce soir-là elle était retournée pour une fois à l'*Elvekroa.*

Depuis des semaines il n'y avait plus que la nuit. Kathrine ne s'était jamais habituée à l'obscurité de l'hiver bien qu'elle ne connût rien d'autre. En été elle se gavait de toute la lumière possible, en hiver c'était comme si elle ne vivait pas, ou vivait seulement à demi, comme si elle rêvait. Lorsque le soleil brillait, tout rayonnait dans son reflet, tout resplendissait, était vivant et beau. L'hiver au contraire était une longue attente.

Le café était presque vide, seul le physiothérapeute sénégalais de l'hôpital était encore là, et, comme chaque soir, buvait bière sur bière. Par terre traînassaient encore quelques vestiges de la party de la veille pour le nouvel an, des serpentins et des petites boules de ouate colorées. Kathrine s'assit à une table dans un coin et but une bière. Puis, comme elle allait justement sortir, Morten était entré et elle était restée.

Morten alla chercher deux bières au comptoir et vint s'asseoir près de Kathrine. Il venait tout juste de se séparer de son amie et, très vite, s'était mis à parler de l'amour. Déjà un peu ivre, à la troisième bière, Kathrine raconta à Morten que depuis près d'un an Thomas n'avait plus couché avec elle. Elle savait qu'elle trahissait Thomas et avait mauvaise conscience, mais c'est peut-être pour cela qu'elle continua à parler et à raconter tout à Morten, les dérobades de Thomas, et qu'elle le soupçonnait de la tromper avec une des ouvrières de la conserverie. Elle raconta qu'ils avaient fait mumuse ensemble, comme Thomas disait, pendant la nuit de noces, et Morten avait demandé ce que cela voulait dire et Kathrine lui avait expliqué.

« Pourquoi l'as-tu donc épousé ? » demanda-t-il.

Kathrine appela ensuite sa mère au téléphone pour lui demander de garder l'enfant à dormir. Où es-tu ? demanda la mère. Nulle part, répondit Kathrine.

Plus tard Morten lui avait fait une sorte de déclaration d'amour. Ils avaient bu tous les deux pas mal de bières, minuit était passé. Morten lui demanda si elle voulait venir chez lui et Kathrine lui dit oui. Il habitait tout en haut du village. Ils se séparèrent devant l'Elvekroa et prirent des chemins différents afin que personne ne les voie ensemble. Lorsque Kathrine passa devant l'immeuble dans lequel elle habitait, elle faillit presque y entrer. Mais poursuivit finalement son chemin.

Morten ouvrit la porte. Il souriait. Il avait à la main une bouteille de vin. Kathrine entra dans l'appartement. Elle lui prit la bouteille de la main, la posa sur la table et embrassa Morten sur la bouche. Ils s'étreignirent puis se déshabillèrent. Sans se lâcher, ils allèrent jusqu'à la chambre. Morten marchait à reculons, puis il voulut porter Kathrine et en perdit presque l'équilibre. Elle rit de sa maladresse. Il l'embrassa pour étouffer son rire. Ils rirent tous deux, s'embrassèrent, s'étreignirent. Ils s'aimèrent puis s'allongèrent l'un à côté de l'autre sur le lit. Kathrine se coucha sur Morten. Elle s'assit et le regarda. Elle prit ses mains et les embrassa.

« Faire l'amour », dit Morten. Tous deux dirent qu'ils souhaitaient cela depuis longtemps, depuis toujours, mais Kathrine n'était pas sûre que ce soit vrai. Elle se sentait un peu gênée de voir Morten nu, après tant d'années. À un moment, tandis qu'il était allongé derrière elle et la tenait serrée tout contre lui, elle lui chuchota à l'oreille de lui dire des choses obscènes. Il fit de son mieux, sans y arriver vraiment, mais cela ne faisait rien.

« Tu n'es pas un bon Français », lui dit-elle. Puis elle pleura un peu, elle avait mauvaise conscience. Comme il lui demandait pourquoi, elle dit qu'elle aimait Thomas. Et elle n'était pas absolument sûre de ne pas dire la vérité.

« J'ai été bien ? » demanda-t-elle alors.

« Chère Kathrine, ça n'est pas de ta faute si Thomas... » répondit Morten.

Au matin, Kathrine eut honte de ce qui s'était passé, et d'avoir demandé à Morten de lui dire des choses obscènes. Mais il fut à nouveau très tendre. Dans la salle de bains il l'embrassa dans le cou, et elle pleura à nouveau un petit peu.

Elle était déjà habillée, il était en boxer-shorts devant la cuisinière et préparait le café. Il chantonnait et elle se sentit soudain toute contente, et trouva que c'était en fin de compte son droit de coucher avec lui. Ils se quittèrent bons amis, sans mauvaise conscience et sans avoir convenu d'un rendez-vous. Lorsque Kathrine quitta l'appartement, elle prit garde que personne ne la voie. Une fois au bureau, elle pensait encore à Morten, car ça avait été une belle nuit.

Elle passa le soir suivant chez sa mère, et le soir d'après, Thomas était à nouveau là. Il lui demanda ce qu'elle avait fait pendant son absence. Elle dit, pas grand-chose, qu'elle était encore fatiguée par les fêtes. Ils étaient assis dans le salon, Kathrine lisait, Thomas regardait la télévision. Il lui demanda encore si elle s'était couchée de bonne heure et n'avait pas lu la nuit entière, et elle répondit, oui, tôt, en souriant. Puis elle lui raconta que la veille elle était allée chez sa mère, de quoi elles avaient parlé, qu'elles étaient allées se promener, ce que sa mère avait fait à manger. Elle regarda Thomas. Il ne l'écoutait pas. Il était assis silencieux sur le canapé, et vu de profil, de là où elle se trouvait, il paraissait plus vieux que son âge. Il ne lui reposerait jamais de questions sur ces deux jours, sur ce soir-ci, cette nuit-là, pensa-t-elle, c'était aussi simple que ça. Elle s'étonna de la facilité avec laquelle elle avait menti, mais elle n'en eut pas honte. Et elle se demanda si Thomas lui avait aussi menti un jour.

Une fois Veronica lui avait raconté qu'Einar avait fait, comme professeur de ski auxiliaire, une excursion avec Håkon, le prince héritier. C'est étrange, avait dit Kathrine, Thomas aussi. Veronica avait alors parlé d'autre chose et Kathrine n'y avait plus pensé. Elle se demandait maintenant si Thomas avait inventé l'histoire, avait volé l'histoire d'Einar. Ou si c'était Einar qui avait menti. Ou bien les deux.

Elle interrogea Thomas sur son excursion avec le prince héritier. Il répondit évasivement puis, comme elle ne le laissait pas en paix, il finit par lui demander agacé si elle mettait par hasard sa parole en doute.

« Comment s'appelle le jeu informatique que tu as inventé ? » demanda Kathrine. « Et quelles langues parles-tu ? Dis-moi quelque chose en français. »

Là-dessus, Kathrine partit se mettre au lit.

De la chambre, elle pouvait encore entendre la télévision, le commentateur surexcité d'un reportage sportif. La Norvège avait gagné deux médailles.

Le jour suivant, elle appela Morten et lui donna rendez-vous pour déjeuner au foyer des pêcheurs. Elle lui raconta l'histoire de l'excursion à ski, et Morten lui dit qu'il la trouvait plausible. Le prince faisait du ski et les notables emmenaient souvent des professeurs de ski avec eux quand ils partaient en excursion. Lorsqu'elle lui parla de la ceinture noire de Thomas, il trouva que Thomas n'en avait pas le profil, et quand elle raconta qu'il avait été champion des minimes en natation, il lui dit que c'était très facile à vérifier. Ils s'embrassèrent sur les deux joues comme toujours pour se dire au revoir, mais cette fois-là Morten posa sa main sur la hanche de Kathrine et la caressa furtivement. Dans l'après-midi, il l'appela à son bureau pour lui dire que Thomas n'avait jamais été champion. Que dans l'école de sports de combat de Tromsø où il avait lui-même failli aller, son nom était inconnu. Et qu'il n'avait jamais non plus écrit de thèse de doctorat.

Kathrine pensa aux nombreuses contradictions qu'elle avait depuis longtemps relevées dans les récits de Thomas, et pour lesquelles elle n'avait jamais reçu, ni même cherché d'explications. Et les jours suivants elle s'informa sur les points où il lui était possible de s'informer, contrôla tout ce qu'il était en son pouvoir de contrôler à propos des histoires de Thomas. Et tout était mensonge, tout était inventé.

Kathrine suivit Thomas lors de l'un de ses footings du soir. Il longea la rue principale en courant. Il avait beaucoup neigé cet hiver-là et la neige était haute. Elle le suivait à bicyclette. Elle avait peur qu'il s'en aperçoive, mais il ne regardait pas autour de lui, courait à légères foulées et semblait parfaitement décontracté.

À peine sorti du village, là où se trouvait jadis l'aérodrome, Thomas quitta la route et prit à travers champs. Ses parents avaient là une petite cabane, comme beaucoup de familles du village en avaient, ici ou quelque part sur le fjeld, et Thomas se dirigea vers elle. Kathrine le suivit des yeux et le vit disparaître dans la cabane. Elle abandonna sa bicyclette au bord de la route. De nombreuses traces de pas dessinaient un chemin dans la neige. Lorsque Kathrine arriva à proximité, elle avança très lentement, avec précaution. Le silence était total. Il y avait de la lumière à la fenêtre. Elle regarda à l'intérieur et vit Thomas, seul, assis à la table. Il était assis là immobile, en survêtement, les yeux dans le vide. Kathrine se baissa, attendit, regarda à nouveau par la fenêtre. Thomas était toujours assis au même endroit, dans la même position. Il s'était alors levé, avait remis quelques bûches dans le poêle, était allé se chercher une bière dans une caisse qui se trouvait dans un coin, puis s'était à nouveau assis.

Dans la cabane se trouvaient des vieux meubles qui, au fil du temps, avaient été remplacés par d'autres dans la maison familiale et apportés là. C'étaient des meubles des années soixante-dix, abîmés, les rideaux aussi étaient vieux et décolorés. Sur les murs étaient accrochées des photographies en noir et blanc de la famille de Thomas, datant des générations précédentes. Des gens aux mines sérieuses, habillés de vêtements pesants, des bateaux, une baleine éventrée gisant sur le quai du vieux port. À côté de l'entrée était suspendue une broderie d'un verset de la Bible. Rejoins le Seigneur, ton Dieu, et entends Sa voix !

Thomas était assis là et ne bougeait pas. Kathrine était frigorifiée. Elle s'ennuyait. Une demi-heure plus tard, Thomas était toujours assis à la même place, trois quarts d'heure plus tard aussi. Elle repartit vers la route. Comme elle atteignait sa bicyclette, elle jeta un dernier regard sur la cabane. Un instant plus tard la porte s'ouvrit et Thomas sortit dans la neige. Kathrine rentra à toute allure.

La suivant de près, Thomas arriva, d'excellente humeur, et lui annonça qu'il avait gagné deux minutes sur la fois précédente. Puis il lui dit qu'il aimerait bien refaire plus de sport, que les combats lui manquaient. Il lui raconta ses victoires, saisissant l'avant-bras de Kathrine et lui montrant quelques prises. Il ne remarquait même pas la froideur de ses bras. Il rit et dit que lorsqu'il avait quitté Tromsø, il était le meilleur joueur du club. Kathrine lui dit alors : tu sens la bière et je sais que tu n'es pas allé courir jusqu'à l'aéroport.

Elle lui dit qu'elle l'avait suivi, et il répondit, pourquoi, elle n'avait donc pas confiance en lui, c'était son droit de boire une bière sans lui demander l'autorisation. Le problème n'était pas là, dit Kathrine, il lui avait menti, et ça depuis le début. Mais Thomas l'assura qu'il n'était allé à la cabane que pour un contrôle, que son père lui avait demandé d'aller voir le poêle, qu'il ne tirait pas correctement. Et quand Kathrine avait commencé à lui énumérer ses autres mensonges, il avait avancé sans cesse de nouvelles explications, et elle était convaincue qu'il mentait à nouveau. Il jurait ses grands dieux, se contredisait, sa vie entière s'embrouillait. Tout d'abord il s'était déchaîné, puis avait parlé de plus en plus bas, mais il n'avait pas cédé. Lorsque Kathrine lui avait dit qu'elle partait, il lui avait répliqué qu'il n'avait pas menti, elle s'en apercevrait bien, que tout ça n'était qu'une conspiration, qu'il avait des ennemis influents. Elle lui dit qu'il était cinglé et partit.

Elle alla chez Morten, mais il n'était pas chez lui. Elle alla à l'*Elvekroa*, but une bière. Puis elle alla au foyer des pêcheurs. Svanhild vint lui ouvrir la porte en robe de chambre. Kathrine s'excusa, mais Svanhild lui dit qu'elle était en train de regarder la télévision, qu'il n'y avait pas de problème. Kathrine dit qu'elle voulait une chambre. Elle pleurait. Svanhild ne posa aucune question. Elle alla chercher une clé et conduisit Kathrine au sous-sol. Elle lui souhaita une bonne nuit et, de sa main, effleura son bras. Elle lui dit, tu es vraiment toute froide, et lui sourit.

Kathrine était restée une semaine au foyer des pêcheurs.

Kathrine ne sortait presque plus dans la rue depuis qu'elle était revenue dans l'appartement. Elle n'allait pas travailler et ne quittait la maison que pour acheter le strict nécessaire. L'enfant dormait maintenant souvent chez sa grand-mère. Il n'aimait pas trop venir dans l'appartement depuis que Thomas était parti. Il disait qu'il voulait être chez sa grand-mère. Là-bas il avait le droit d'amener ses copains, et sa grand-mère faisait mieux la cuisine. Ça arrangeait Kathrine. Elle restait assise à lire ou à regarder la télévision. Un jour où le soleil n'arrivait pas encore au village mais que la lumière s'attardait déjà pour quelques minutes sur les sommets de la montagne, Kathrine chaussa ses skis de fond et s'en alla parler avec les gardiens du phare.

Lorsqu'elle revint l'après-midi du jour suivant, un camion était stationné devant son immeuble. Elle vit Thomas et Einar qui transportaient des meubles et des cartons dans la rue. Elle vit les parents de Thomas et Veronica qui les aidaient. Elle entendit leurs rires. Le moteur du camion tournait. Kathrine attendit en regardant de loin. Elle s'étonna de ce que Veronica et Einar soient au village, puis lui revint que, le lendemain, c'était l'anniversaire de Thomas. Lorsque la voiture fut partie, elle entra dans l'immeuble. Dans la boîte se trouvait une lettre de la banque, un avis de crédit. La comptabilité lui avait viré sur son compte la totalité de son salaire bien qu'elle ne fût plus allée au bureau depuis le milieu du mois. Kathrine sourit. Elle monta les marches et ouvrit la porte de l'appartement. L'appartement avait été totalement vidé.

Tu pourrais quand même nettoyer un peu, se dit Kathrine. La cuisine est dans un état ! Où manque la police abonde la malice. Elle traversa l'appartement désert. Là où se trouvait la bibliothèque, il n'y avait plus, par terre, que deux piles de livres, les livres d'enfant de Kathrine qu'elle avait conservés pour son fils, pour plus tard, lorsqu'il pourrait lire, et quelques romans policiers américains qu'elle s'était fait envoyer de Tromsø. C'était son Amérique à elle. Des villes ténébreuses pleines de bandits. Des rues luisantes de pluie où marchaient des gens solitaires.

Dans la chambre, une partie de ses vêtements était étalée par terre, dans la poussière. Son uniforme était dans le tas. Thomas ne savait donc pas qu'elle n'allait plus à son travail. Tu pourrais quand même passer l'aspirateur, se dit-elle. Dans la salle de bains, dans la petite armoire derrière le miroir, se trouvaient ses affaires de toilette. Kathrine se regarda dans la glace. Elle se maquilla les lèvres avec un rouge que Thomas lui avait un jour offert et qu'elle n'avait jamais utilisé. Kathrine, se dit-elle, quel prénom bizarre.

Dans la cuisine se trouvaient quelques ustensiles qu'elle s'était achetés elle-même et que Thomas avait toujours trouvés superflus : un presse-fruits, un moulin à céréales, un ricecooker qui n'avait servi qu'une seule fois. Le wok électrique avait disparu. Il m'appartient aussi, pensa Kathrine, sans pouvoir s'empêcher de sourire.

Sur le buffet, il y avait un mot écrit par Thomas. Il écrivait qu'il lui pardonnait. L'appartement était prêt et il l'attendait. Il était passé prendre l'enfant chez sa grand-mère, écrivait-il. Kathrine s'était étonnée qu'il n'ait laissé là qu'une partie de ses affaires. Maintenant elle comprenait. À nouveau quelque chose devait être abandonné. À nouveau il avait retiré ce qui ne lui convenait pas, ses vieux vêtements, ses ustensiles de cuisine, ses livres. L'uniforme. Pourquoi travailles-tu, répétait-il souvent, je gagne suffisamment d'argent pour trois.

Kathrine allait de pièce en pièce. Les affaires de Thomas ne lui manquaient pas, elles ne lui avaient jamais plu. Seule la télévision lui manquait. Thomas lui avait laissé son ordinateur portable. Et le vieux radio réveil qu'elle s'était acheté avec sa première paye. À quatorze ans, pendant les vacances d'été, elle avait fait le réassort des étagères chez Rimi, tandis que les autres enfants étaient partis en vacances avec leurs parents. Thomas voulait jeter ce radio réveil depuis longtemps, son réveil jouait les CD et était beaucoup mieux. On pouvait se faire réveiller chaque matin par sa musique favorite. Mais Kathrine n'avait pas de musique favorite.

Elle alluma le radio réveil. Le son était étrangement aigu dans les pièces vides. Allez, bouge-toi, pensa-t-elle, sinon tu vas encore arriver en retard au travail. L'avenir est à ceux qui se lèvent tôt. Elle s'assit par terre. Pas grand-chose, ma vie, pensa-t-elle, il n'en reste pas grand-chose. Elle éclata en sanglots. Allongée sur le ventre, elle pleura toutes les larmes de son corps. Puis elle se leva. Elle sécha ses larmes, débarbouilla le rouge de ses lèvres, brossa la poussière de ses vêtements.

Elle se rendit dans la chambre, prit sa vieille valise rouge, y enfourna quelques vêtements, son uniforme, ses affaires de toilettes et le vieil appareil photo de son père, celui qu'il avait tant aimé et presque pas utilisé. Le téléphone sonna. Kathrine alla dans la cuisine et rajouta sous le mot de Thomas : « Vous ne me trouverez pas. »

Elle quitta la maison. À un distributeur, elle retira les trois quarts de son argent, puis marcha jusqu'au port. Elle y arriva à huit heures et demie. L'express côtier serait là dans une demi-heure. Elle avait peur que Thomas n'aille à l'appartement, trouve le mot, la cherche, vienne au port. Mais il ne vint pas. Il était certainement en train de dîner avec sa famille. Il pensait certainement qu'elle viendrait.

Kathrine était assise dans la salle d'attente. Elle se leva, fit les cent pas. Elle lut les graffiti gravés dans la laque du chambranle, des numéros de téléphone, des déclarations d'amour, des obscénités. Dans un des coins, quelqu'un avait écrit au feutre noir : *« Arwen and Sean came here in a rain storm at 8.30 p.m., lost and in love. »*

Kathrine frotta l'inscription avec ses doigts jusqu'à ce qu'elle ait disparu et que le bout de ses doigts soit devenu noir et chaud, à force de frotter. Puis elle ne put se retenir de pleurer une fois encore, mais plus aussi fort qu'avant, silencieusement cette fois, avec désespoir. Lorsque le bateau arriva, elle avait séché ses larmes.

Thomas et Kathrine. *Lost and in love.* Non, pensa-t-elle. Elle avait cru que Thomas l'aimait mais il n'avait fait aucun cas d'elle. Elle était une bonne auditrice. Elle jouait dans sa vie un rôle que n'importe quelle autre aurait pu tout aussi bien jouer. Mais pourquoi voulait-il l'impressionner ? Elle lui était inférieure à tout point de vue. Pourquoi fallait-il qu'il lui rebatte continuellement les oreilles de ses exploits, qu'il fasse étalage de ses performances ? Que ne lui avait-il pas raconté ! Et qu'est-ce qu'elle lui avait raconté, elle ? Il ne l'avait pas interrogée sur sa vie, et quand il lui était arrivé de raconter quelque chose, il n'avait pas écouté. Alors, finalement, elle avait gardé ses histoires pour elle. Ses histoires.

Un jour elle avait lu que la race des dinosaures s'était éteinte parce qu'une comète était tombée sur la terre. Pendant des semaines elle avait été inquiète, s'était réveillée en pleine nuit et avait couru à la fenêtre regarder le ciel. Plus tard, il y avait eu une période où elle avait souhaité qu'une comète tombe. Mais ça ne s'était pas produit. Sur Svalbard on avait retrouvé des traces de pas de dinosaures.

Il y avait un an, toute l'équipe du bureau des douanes avait été transportée par hélicoptère sur un bateau. Le vol avait été superbe. Kathrine avait vu le village d'en haut, puis une nacelle les avait descendus sur le pont du bateau, et avec les gens de la surveillance côtière ils avaient tout fouillé. Ils n'avaient rien trouvé. L'un des mareyeurs russes leur avait donné le tuyau, mais il avait certainement voulu se venger de quelque chose. Entre les Russes se passaient des choses que personne au bureau des douanes ne comprenait vraiment.

À part ça ? Elle n'avait jamais vraiment voyagé. Elle n'avait rien vu, n'avait rien à raconter. Une fois, enfants, Morten et elle s'étaient cachés sur un express côtier. Ils étaient allés jusqu'à Mehamm, à cinq heures de là, puis un matelot les avait découverts, ou bien ils avaient abandonné d'eux-mêmes parce qu'ils s'ennuyaient, ou bien parce qu'il faisait froid dans la soute ou encore qu'ils avaient faim.

Est-ce que ça s'était vraiment passé comme ça ? Sa mère n'arrêtait pas de raconter l'histoire. Comment le capitaine du port de Mehamm les avait emmenés chez lui, leur avait donné à manger et les avait ramenés le lendemain matin par le premier bateau. Jusqu'à la presse régionale qui en avait parlé : passagers clandestins, deux enfants. Sa mère avait découpé l'article et l'avait rajouté aux photos de famille. Te voilà à présent dans le journal, lui avait-elle dit.

Et l'histoire d'Helge et de l'enfant ? Lorsque l'enfant fut là, il n'y avait plus aucune raison de se demander comment ça avait pu se produire. Le passé c'était le passé. Mon père avait toujours dit ça à ma mère, le passé c'est le passé. Lorsqu'il avait dû vendre le bateau, parce que les lieux de pêche se vidaient, parce que le prix du poisson baissait, parce qu'il était malade ou bien un mauvais pêcheur, qui sait. Lorsqu'il était allé travailler à la conserverie, pas pour un travail de force, il était déjà malade. Et lorsque Kathrine lui avait rendu visite, elle devait avoir dans les quatorze ans, et lui avait demandé si ce n'était pas ennuyeux de faire toute la journée la même chose, il avait répondu, le passé c'est le passé. Comme si le fait qu'il ait un jour possédé un bateau n'avait aucune importance. Mais ça n'était pas vrai. Rien n'était jamais du passé au village.

Kathrine s'était juré de ne jamais travailler à la conserverie. Mais ça c'était plus tard, lorsqu'elle ne parlait pratiquement plus à son père, quand il buvait déjà, qu'il buvait de plus en plus. Jamais à la conserverie.

Elle était assise avec Morten près du fort allemand, il faisait froid, ils étaient assis là, en hiver, et ils s'étaient juré tous deux, jamais à la conserverie. Ils faisaient des projets, des projets de voyages, des projets pour leur vie. Leurs projets étaient plus réels que leurs vies. Morten était parti. Il était parti pour Tromsø, avait travaillé, fait un voyage autour du monde. Deux ans plus tard il était revenu, c'était comme s'il n'était jamais parti. Il avait pris un emploi à la conserverie, dans les bureaux, ce n'était pas la même chose. Plus tard, il avait été embauché par la commune, il s'occupait du site web du village et de la petite station de radio, qui diffusait une ou deux heures par jour. Les informations, les prévisions météorologiques, l'heure du travailleur étranger, le concert à la carte. Nous souhaitons un heureux anniversaire à Peder Pedersen qui a aujourd'hui soixante ans. Et voici maintenant le chœur d'hommes de Berlevåg. Kathrine, quant à elle, avait choisi la douane. La formation à Tromsø, trois fois des cours de trois mois, la plus belle époque de sa vie.

Je pourrais me faire muter, pensa Kathrine, commencer une nouvelle vie. Elle aurait pu se faire muter, mais elle ne l'avait pas fait. Et le temps avait passé, comme ça, elle s'en était à peine aperçue. Un village ou un autre. Avant au moins, il y avait eu un cinéma. Maintenant il n'y avait plus que les soirées loto.

Lentement les lumières du village glissèrent le long du bateau. La nuit n'était pas froide mais le vent soufflait en rafales. Cela n'empêcha pas Kathrine de sortir lorsque, du pont panoramique, le village ne fut plus visible. Plus le bateau s'éloignait, plus le village paraissait grand. Il disparut alors lentement derrière la presqu'île, puis on ne vit plus que le reflet orangé des lumières dans les nuages. Celui-ci se fit plus vif, et, pour quelque temps, on eut presque l'impression que là-bas, derrière les falaises, un soleil artificiel se levait. La houle se renforça, et lorsque Kathrine quitta le pont, elle aperçut quelques oiseaux, dans l'obscurité au ras de l'eau, voler dans la lumière des projecteurs puis disparaître presque aussitôt. Des deux côtés du fjord scintillaient les falaises couvertes de neige. Le bateau gagna alors la haute mer.

Lorsque le *Polarlys* fit escale le lendemain à Hammerfest, une première lueur, comme un pressentiment de lumière, apparut dans le ciel. Le bateau restait une heure et demie à quai et Kathrine en descendit pour aller adhérer au Club des ours blancs. Elle était déjà venue deux fois à Hammerfest, une fois avec son père, une fois avec Thomas. Et les deux fois elle avait voulu adhérer, mais la première fois son père, puis ensuite Thomas, lui avaient dit que c'était ridicule, que c'était jeter l'argent par les fenêtres. Au siège du club, elle paya sa cotisation et reçut en échange une carte postale et un ours blanc en nacre à épingler sur sa veste. Elvis avait lui aussi voulu devenir membre du Club des ours blancs, mais ils n'avaient pas voulu de lui. Il fallait se présenter en personne. Elvis Rex.

Kathrine ne pouvait s'empêcher de rire quand elle voyait la plaque commémorative dans la boutique de CD de Tromsø. De retour sur le bateau, elle fut joyeuse et de bonne humeur pendant quelque temps.

Le lendemain matin, elle alla visiter la passerelle en compagnie de trois couples d'Allemands. Un steward lui avait demandé la veille au déjeuner si ça lui ferait plaisir de voir la passerelle, la salle des machines. Le programme habituel. Il lui avait demandé jusqu'où elle allait et Kathrine avait dit, jusqu'à Bergen. Encore quatre jours, avait dit le steward, formidable, bienvenue sur le *Polarlys*.

La passerelle n'intéressait pas Kathrine outre mesure, mais elle se sentait seule sur le bateau. Le capitaine portait un bel uniforme. Il avait une barbe courte et rousse et plein de petites veines éclatées sur les joues, mais il souriait amicalement à Kathrine. Il ne parlait pas beaucoup et lorsque l'un des Allemands, un vieil homme avec une casquette de marin, avait commencé à lui raconter en anglais ses souvenirs de guerre et comment ils avaient caché leurs sous-marins dans les fjords, il en dit encore moins. Les Allemands avaient de grosses jumelles et après quelque temps s'étaient remis à parler l'allemand, et Kathrine ne comprenait plus ce qu'ils disaient. Elle se tenait près du capitaine et de temps à autre il pointait l'index vers un endroit précis de l'horizon et disait, voilà un phoque, ou une falaise, puis finalement Risøyhamn. Lorsque Kathrine quitta la dernière la passerelle, le capitaine lui tendit la main et lui dit qu'elle pouvait revenir chaque fois qu'elle en aurait envie.

Le *Polarlys* fit escale six fois aux îles Lofoten. À ce que disait l'horaire, il devait franchir le Cercle polaire le lendemain matin.

Le capitaine ne voulut tout d'abord pas croire Kathrine lorsqu'elle lui dit qu'elle n'était jamais allée au sud du Cercle polaire. Elle était retournée sur la passerelle. Sa famille n'avait pas d'argent, raconta-t-elle, son père travaillait à la conserverie et pour les vacances ils allaient à Kiruna, et encore pas toujours. C'est de là que ses parents étaient originaires. Le capitaine lui demanda si elle était saame. À moitié, répondit-elle, par mon père. Elle avait suivi les cours de l'école des douanes à Tromsø et, à vingt ans, elle avait eu son enfant. Les vacances, alors, ce n'était même plus la peine d'y penser. C'était une chance qu'elle ait pu finir sa formation. Une fois, il y a quelques années, elle avait réservé une semaine à Majorque, mais alors l'enfant était tombé malade et elle n'était pas partie. On lui avait quand même fait payer le voyage.

« Si l'enfant était mort... m'a dit l'employé de l'agence de voyages... C'est bizarre. Ça fait des années que je surveille la frontière. Mais je ne suis presque jamais allée de l'autre côté. En Suède, en Finlande, mais à part ça... pas une seule fois à Mourmansk. J'avais un ami là-bas, mais je ne suis jamais allée le voir. Un capitaine aussi.

— De l'autre côté de la frontière, ça n'est pas différent d'ici », dit le capitaine, et Kathrine répondit qu'elle savait ça. Alors le capitaine l'invita à boire un café. Ils allèrent tous deux dans la salle de restaurant qui à cette heure de la journée était pratiquement vide. Un steward était en train de préparer les tables pour le déjeuner.

Le capitaine lui dit qu'il fallait fêter ça, son premier passage du Cercle polaire.

« Bienvenue dans le monde », dit-il, et elle rit.

Comme il lui demandait où elle allait et si c'était des vacances, elle répondit qu'elle ne savait pas, et puis non, qu'elle partait, tout simplement.

« Mon voyage de noces », dit-elle en riant. Elle photographia le capitaine, et il rit aussi et voulut faire une photo d'elle, mais elle ne voulut pas. Le capitaine se prénommait Harald et habitait à Bergen.

« Tu peux habiter chez moi pendant quelques jours », lui dit-il.

Harald habitait une petite maison en bois peinte en jaune. Sa femme était partie pour quelques jours à Oslo avec une amie. Harald voulait que Kathrine dorme dans le lit conjugal. Il dit qu'il pouvait très bien aller dans la chambre d'enfant, que ça ne le dérangeait pas. Mais elle s'y refusa. Il lui montra la chambre d'enfant et lui raconta que son fils, qui s'appelait Harald lui aussi, était mort trois ans auparavant dans un accident de sport. Kathrine s'étonna qu'il dise accident de sport et demanda ce qui s'était passé.

« En escaladant. Il a dévissé. Il était seul. Il est probable qu'il vivait encore. Mais il était seul. »

Sans son uniforme, Harald paraissait beaucoup plus jeune. Il dit que le rocher était de mauvaise qualité par ici, qu'il était peu sûr. Un morceau de rocher s'était détaché et son fils avait été pris dessous.

« Il avait dix-huit ans. Il n'a rien laissé échapper. Il a fait ce qu'il a voulu. Et avec les filles...

— J'ai vingt-huit ans, dit Kathrine. Je ne sais pas si j'ai laissé échapper quelque chose. Et toi ?

— Quarante-cinq ans.

— Est-ce que tu m'as invitée parce que ta femme n'était pas là ?

— Je ne t'aurais pas invitée si elle avait été là. »

Harald rit. Il dit qu'il devait se rendre en ville, qu'il avait quelques affaires à régler. Il lui tendit une clé et lui demanda si elle serait là pour le dîner.

Lorsque Harald fut parti, Kathrine fit le tour de la maison. Sur le mur du couloir il y avait une photo de la famille. La femme avait l'air sympathique, le fils lui ressemblait. Dans la chambre d'enfant, il n'y avait plus aucune trace du fils, pas de livres d'enfants, pas de jouets, rien. La pièce était lumineuse et propre et aux murs étaient accrochées des estampes comme on en trouve dans les chambres d'hôtel, des reproductions d'aquarelles, différentes vues d'un pays méridional. Kathrine photographia la chambre vide, elle ne savait pas pourquoi, et pensa, je ne devrais pas faire ça.

Puis elle alla dans la cuisine se faire un café. Attendit que l'eau s'écoule à travers le filtre. De la cuisine, une porte menait au garage où se trouvaient deux bicyclettes, une très vieille Volvo et un énorme congélateur. Sur l'un des murs étaient suspendus des cordes poussièreuses, des sangles d'escalade et deux casques en plastique tout rayés. Lorsque Harald revint de la ville, Kathrine lui demanda s'il faisait lui aussi de l'escalade.

« Plus maintenant, répondit-il.

— Tu faisais des balades avec lui ?

— Parfois. » Harald haussa les épaules. « On s'entendait bien. Mais il était casse-cou. Je n'avais pas le temps ce jour-là. C'est pourquoi il est parti tout seul.

— Vous n'avez rien gardé de lui ? Ses affaires ?

— Qu'est-ce qu'on aurait dû garder ? Ses vêtements ? Ses livres ? Il me manque, lui ; pas ses affaires. »

Harald cuisina pour Kathrine. Il ouvrit une bouteille de vin. Ce fut une belle soirée. Harald lui parla de ses périples le long de la côte, des affluences de printemps, des touristes. Avant il sillonnait toutes les mers du globe sur des cargos. Il lui parla des pays exotiques. Lorsqu'il demanda à Kathrine si elle n'avait pas envie de voir un jour Hong-Kong ou Singapour, elle n'en fut pas tout à fait sûre.

« Tous ces gens, dit-elle. Et il y a sûrement des tas d'insectes.

— Et vos moustiques ? dit Harald en riant. Les cafards au moins ne piquent pas.

— Et tu avais une femme dans chaque port ?

— C'était un peu différent des côtes norvégiennes, dit Harald. Ça te plairait, à toi, un marin ?

— Chez nous il y a la Mission des marins. Tu connais Svanhild ? »

Kathrine se mit à rire. Elle ne pouvait pas s'imaginer Svanhild en bonne amie d'un marin.

« J'en connais quelques-uns qui l'auraient bien prise, dit Harald en rigolant. Elle ne cuisine pas très bien, mais elle sait tenir une maison lorsque le mari n'est pas là. Elle est efficace. Et elle a bon cœur.

— Tu parles comme les vieux pêcheurs. Comme mon premier mari. Ta femme est-elle efficace ?

— Très efficace. Notre couple fonctionne

au mieux lorsque je ne suis pas là. Elle peut alors faire tout ce qu'elle veut.

— Et lorsque tu es là, fait-elle ce que tu veux ?

— C'est moi qui fais alors ce qu'elle veut. Elle fait attention à moi. Que je ne fume pas trop, ne boive pas trop et que je ne reluque pas les femmes.

— Ah, c'est comme ça que tu es. »

Harald rit puis arrêta de rire.

« Elle fonctionne », dit-il en finissant son verre. « Je ne peux pas en demander plus. Je sais qu'elle a quelqu'un. »

Comme Kathrine ne disait rien, Harald continua : « Elle a un type avec qui elle parle. Un père spirituel, un thérapeute. Elle le rencontre aussi le soir, qu'est-ce que j'en sais, je suis tout le temps parti. »

Kathrine ne disait toujours rien. Harald alla chercher une bouteille d'Akvavit dans le frigidaire et revint avec deux verres. Il versa à boire.

« Je ne lui ai jamais demandé, dit-il. Quand Harald est mort... Mais pourquoi est-ce que je te raconte tout ça ?

— Pourquoi le racontes-tu à moi ? » demanda Kathrine. Elle dit qu'elle était fatiguée, qu'elle allait se coucher.

Pendant qu'elle était dans la salle de bains, Harald frappa à la porte. Elle cria qu'elle était sous la douche. Elle vit alors à travers le verre dépoli de la cabine de douche qu'il était entré. Il se déplaçait lentement, avec discrétion. Finalement il s'immobilisa. Kathrine le voyait, tout comme lui devait la voir. Elle se retourna et ferma l'eau. Elle entendit sa voix cassée, tout près.

« Je t'ai apporté une serviette-éponge. Je ressors.

— Oui, dit-elle, merci. »

Lorsqu'elle sortit de la salle de bains, il était assis par terre près de la porte. Il était livide, mais ses joues étaient parsemées de taches rouges. Il fumait une cigarette. La cendre tomba par terre et, d'un geste las, il la fit disparaître dans le tapis.

« Merci de m'avoir accueillie », dit Kathrine. « Je n'aurais pas su où aller. »

Harald hocha la tête. « Voilà où j'en suis arrivé. À profaner la mémoire de mon fils, pour que les femmes...

— Tais-toi, dit Kathrine.

— Qu'est-ce que je peux t'offrir ? À part mon chagrin, dit Harald.

— Je t'ai tout de suite bien aimé sur la passerelle, lorsque tu m'as montré le phoque », répondit Kathrine.

Kathrine passa deux jours et deux nuits chez Harald. L'après-midi du troisième jour, elle prit le train pour Oslo. À la gare, Harald lui demanda où elle allait.

« J'ai un ami, Christian, un Danois. À Århus, dit-elle. Je vais aller le voir.

— Écris un mot, dit Harald. Et si tu viens à Bergen... tu peux dormir quand tu veux chez moi. Chez nous. Je parlerai de toi à ma femme. »

Le voyage de Bergen à Oslo dura sept heures. Le train franchit un nombre incalculable de ponts, emprunta des tunnels, traversa d'étroites vallées, des forêts, longea des fjords et des glaciers. À Oslo, Kathrine prit le train de nuit. Elle somnola de temps à autre sur son siège, sans pouvoir véritablement dormir. Quand elle changea de train à Malmö, elle était morte de fatigue. Dix-huit heures après avoir quitté Bergen, elle arriva enfin à Århus. Elle prit un bus et se rendit à l'adresse de Christian. Elle fut étonnée lorsqu'elle se retrouva face à un immeuble moderne isolé.

Le nom de Christian ne se trouvait pas sur la liste, mais il y avait une famille Nygård dans la maison, A. et K. Nygård. Un homme qui sortait lui tint la porte, elle entra et monta avec l'ascenseur jusqu'au cinquième étage. De la cage d'escalier, une porte en verre ouvrait sur une longue et étroite allée couverte qui conduisait aux appartements. Kathrine regarda la ville en bas. Elle s'étonna que tout fût si plat, si uniforme. Les rues se ressemblaient, toutes, les maisons, les couleurs aussi. Elle aperçut un postier qui allait de maison en maison, des voitures qui s'arrêtaient aux feux rouges et puis redémarraient.

Sur la porte de A. et K. Nygård était suspendue une étoile de paille, bien que Noël fût passé depuis plus d'un mois. Kathrine sonna. Une femme dans les cinquante ans, élégamment vêtue, lui ouvrit la porte. Quelque chose dans son visage lui rappela Christian, les yeux sans couleur peut-être, ou encore les traits relâchés, imprécis. La femme regarda Kathrine sans mot dire. Kathrine demanda si un certain Christian Nygård habitait ici.

« Il n'est pas là », lui répondit la femme.

Kathrine demanda quand Christian rentrerait et la femme répondit qu'elle ne le savait pas, qu'il était en train de faire une installation en France.

« Je pensais qu'il était rentré.

— C'est aussi ce qu'on pensait. Mais il y a eu un problème. Un problème technique. Il n'est même pas revenu à la maison pour Noël. »

La femme lui demanda qui elle était, et quand Kathrine lui répondit, une amie, la femme lui jeta un regard soupçonneux et lui dit que Christian n'avait jamais fait allusion à elle.

« Nous avons échangé des e-mails.

— Sur ce fameux Internet, dit la femme en hochant la tête. Je n'arrête pas de dire à Christian qu'il doit sortir et non pas rester tout le temps assis devant son ordinateur. Cet Internet est plein de... »

Elle fit avec la main un geste de dédain. Un homme petit, avec des cheveux gris, risqua un œil dans le couloir et dévisagea Katherine avec curiosité. Puis il disparut à nouveau.

« Je suis désolée, je ne peux rien pour vous, dit la femme.

— Vous avez son adresse ?

— Je ne sais pas si je dois vous la donner. Si Christian ne vous l'a pas donnée... »

La femme dit à Kathrine d'attendre. Elle ferma la porte de l'appartement. Un moment plus tard, la porte s'ouvrit à nouveau et la femme tendit à Kathrine un petit bout de papier sur lequel, d'une écriture vieillotte, était griffonnée l'adresse d'un hôtel à Boulogne, l'*Hôtel du Vieux Matelot*.

Kathrine la remercia et partit.

Cinq heures exactement après être arrivée à Århus, elle était à nouveau assise dans un train. Elle avait voulu visiter la ville, mais étourdie par la foule, elle s'était finalement réfugiée dans un musée où étaient exposées de vieilles pierres runiques. Elle avait regardé les pierres mais se trouvait dans une telle agitation qu'une fois assise dans le train, elle put à peine se souvenir de ce qu'elle avait vu.

Kathrine était déçue. Elle avait rêvé pendant tant d'années d'un voyage dans le Sud. Elle avait pensé que tout, absolument tout, serait différent au-delà du Cercle polaire. Elle s'était imaginé des mondes, des mondes merveilleux, multicolores, pleins d'animaux et d'humains étranges comme dans les romans de Jules Verne qu'elle avait lus avec tellement de plaisir étant enfant. *Cinq Semaines en ballon, Voyage au centre de la terre, Vingt Mille Lieues sous les mers.* Et voilà que ce monde n'était pas très différent de chez elle. Tout était certes plus grand, plus bruyant, les maisons étaient plus hautes, il y avait plus de gens partout, plus de voitures dans les rues. Mais c'est à peine si elle avait vu quelque chose qu'elle n'aurait pas déjà vu dans son village ou à Tromsø. Ça a des limites, un humain, pensa-t-elle.

Il pleuvait à Hambourg. Avant le départ du train de nuit pour Paris, il y avait encore plus d'une heure. Kathrine resta dans la gare, s'assit à une table de l'une des buvettes. Elle compta son argent et se rappela comment sa mère comptait et recomptait l'argent quand ils habitaient encore en Suède et rêvaient d'un bateau de pêche. Kathrine regarda avec méfiance alentour lorsqu'elle remit l'argent dans son sac. Dans un coin était assise une famille en provenance d'un pays d'Orient avec beaucoup de bagages et des enfants silencieux.

Un homme ivre vint s'asseoir à côté d'elle et lui dit quelque chose. Elle s'était acheté à Bergen un roman policier américain qu'elle avait lu dans le train. Elle le sortit, l'ouvrit à une page quelconque et fit semblant de lire. Mais l'homme ne lui ficha pas la paix. Il se pencha vers elle, la regarda droit dans les yeux et lui dit quelque chose qu'elle ne comprit pas.

Finalement elle se leva et partit. L'homme ivre la suivit quelques pas, puis rebroussa chemin.

Kathrine attendit dans la salle des pas perdus. Lorsque le train arriva enfin, elle grelottait de froid. Elle fut contente de trouver des couchettes encore libres. Elle était seule dans le compartiment. Ça lui rappela les cabines des chalutiers russes, seule la fenêtre était beaucoup plus grande.

Le train quitta lentement la gare. La pluie battait contre les vitres. Kathrine regarda les innombrables lumières de la ville et pour la première fois, depuis qu'elle était partie, elle eut le sentiment d'être à l'étranger, au sein du vaste monde.

Le train fonçait dans l'obscurité, et seulement de temps à autre des lumières apparaissaient. Kathrine se déshabilla et posa ses vêtements sur sa valise qu'elle avait rangée entre les couchettes inférieures. Elle s'allongea. Le train tanguait légèrement et le va-et-vient cadencé lui donnait envie de dormir.

Kathrine avançait dans un gigantesque supermarché. Il faisait sombre, là seulement où elle se trouvait il y avait de la lumière. La lumière avançait avec elle. Il n'y avait personne d'autre dans l'établissement, mais elle sentait qu'elle n'était pas seule, que quelqu'un l'observait. Elle savait qu'elle avait oublié quelque chose, mais ne savait pas quoi. Elle savait qu'elle rêvait, et savait en même temps que le rêve était réel, puisqu'elle le rêvait. Son chariot était vide. Elle marchait parmi les stands, passait devant des étagères interminables, qui étaient comme des murs. Elle avait peur, mais sentait pourtant qu'ici rien ne pouvait lui arriver, que rien n'était réel, qu'elle était dans un rêve. Elle entendait le raffut du train, mais son rêve ne s'arrêtait pas. Elle était emprisonnée en lui.

Kathrine se réveilla lorsque la lumière s'alluma dans le compartiment. Elle aperçut deux jambes tout près de son visage et entendit la voix du contrôleur et celle d'un jeune homme. Elle voulut dire quelque chose, dire au contrôleur que c'était un compartiment de femmes, qu'il s'agissait sûrement d'une erreur. Mais elle se tut et même ferma les yeux, lorsqu'elle se rendit compte qu'il se penchait vers elle. Le contrôleur s'en alla et l'homme ferma la porte et tira le verrou. Il rangea sa valise, s'assit sur la couchette en face d'elle, puis voyant qu'elle avait ouvert les yeux, lui dit bonjour.

« Ici c'est pour les femmes », dit-elle en

anglais. L'homme hocha la tête et répondit que les compartiments n'étaient pas séparés par sexes. *Not separated by sex,* dit-il, puis semblant gêné par ce mot, il ajouta, *men and women.*

Kathrine fit glisser sous la couverture ses vêtements qui se trouvaient à côté d'elle sur la valise rouge. Elle n'avait sur elle qu'un slip et un T-shirt et espérait que l'homme prendrait l'une des couchettes du dessus. Mais il resta assis en face d'elle et lui demanda où elle allait. Et comme elle répondait Paris, il lui demanda si elle connaissait la ville et d'où elle venait et comment elle s'appelait. Il lui dit qu'il s'appelait Jürgen.

« Où sommes-nous ? demanda Kathrine.

— À Brême, répondit Jürgen. Paris est une belle ville. Moi, je vais à Bruxelles. »

Il raconta qu'il était stagiaire à la Commission européenne, et quand Kathrine lui dit qu'elle venait de Norvège, il l'interrogea sur les droits de pêche et voulut connaître son avis sur l'extermination des baleines et le pillage des fonds marins. Il savait plein de choses sur la Norvège. Plus que moi, pensa Kathrine, il sait plus de choses que moi sur mon pays. Elle lui dit que là d'où elle venait, on ne pêchait plus la baleine. Puis elle lui dit qu'elle était en voyage de noces, sans savoir elle-même vraiment pourquoi elle disait cela. Peut-être parce qu'elle avait peur, peut-être seulement pour qu'il s'arrête enfin de parler de la Norvège.

« Et où est ton mari ? » lui demanda Jürgen.

Kathrine hésita. Elle n'avait aucune envie de parler avec lui de son mariage, et elle lui répondit : « Il est déjà à Paris. »

Elle pensa, ça n'a aucune importance ce que je lui raconte. Et alors elle voulut voir quel effet ça faisait de mentir à quelqu'un, d'inventer une histoire. Elle dit que son mari était généticien et devait prononcer une conférence à l'université de Paris. Quant à elle, elle était danseuse. Elle avait été applaudie sur les scènes internationales et avait parcouru le monde entier. Mais depuis quelques années, elle avait abandonné son métier et vivait maintenant avec son mari à Oslo. Ce n'était pas très vraisemblable. Pourquoi voyageait-elle en couchette de seconde classe si elle avait été une danseuse célèbre ? Mais cela ne semblait éveiller aucun soupçon chez Jürgen. Il était aussi bête qu'elle l'avait été. Le regard brillant, il lui demanda les endroits où elle était allée. Elle lui raconta ses tournées à travers l'Europe, les États-Unis, le Japon. Et comme Jürgen l'interrogeait sur le Japon, elle lui donna plus de détails. Elle avait lu jadis un livre sur le Japon. Le voyage avait été magnifique. Chaque soir ils avaient donné une représentation dans une ville différente, et pendant la journée ils avaient absolument tout visité, les temples, les jardins.

« Un homme m'a envoyé chaque jour des roses. Il nous a suivis tout au long de la tournée et a assisté à toutes les représentations. Il était amoureux de moi. Il était très riche. Directeur chez Sony. Il m'a filmée avec une caméra vidéo bien que ce ne soit pas autorisé. Une caméra minuscule. Un prototype. Qui n'était pas en vente. Il était chef du bureau d'études. »

Elle s'interrompit. Elle n'éprouvait aucun plaisir à inventer une histoire. Elle se sentait pitoyable, et plus rien ne lui venait à l'esprit qu'elle aurait pu encore raconter à Jürgen. Elle était absolument incapable de lui parler si elle lui mentait. Elle se sentait encore plus seule qu'avant l'arrivée de Jürgen dans le compartiment, et elle comprenait de moins en moins Thomas.

« Et que fait ton mari, exactement ? demanda Jürgen.

— Il faut que je dorme maintenant, dit-elle. Une rude journée m'attend. »

Jürgen enleva son pantalon et sa chemise. Il portait des sous-vêtements bleu clair, il allait et venait avec un total naturel. Kathrine lui demanda s'il avait une sœur. Oui, répondit-il, trois, pourquoi ? Il se retourna et fit son lit. Il se gratta la fesse. Kathrine ne put s'empêcher de penser à un étudiant en théologie qui avait fait un stage au village, elle n'arrivait pas à se rappeler son nom. Elle sourit. Jürgen se coucha. Il lui demanda si elle voulait qu'il lui raconte une blague. Elle lui demanda quel âge il avait. Dix-neuf ans, répondit-il. Elle lui dit qu'elle était fatiguée et lui souhaita une bonne nuit.

Kathrine repensa à l'étudiant en théologie. Il avait passé tout un hiver au village à seconder le pasteur dans son travail auprès des fidèles au sein de la paroisse. C'était lui qui avait organisé la vente de charité. Il s'appelait Rune et venait d'Oslo. Un mois durant, il avait arpenté le village en essayant de persuader les gens de confectionner des objets pour la vente. Kathrine lui avait dit que ça n'avait pas de sens dans un village aussi petit.

« Je confectionne moi quelque chose que

tu achètes, et tu confectionnes toi quelque chose que j'achète. Ça n'a pas de sens. Je peux tout aussi bien me confectionner quelque chose moi-même.

— Si tu confectionnes quelque chose, je l'achète », avait dit Rune. Mais Kathrine n'avait rien confectionné. Elle lui avait préparé du café, il était un peu amoureux d'elle, elle l'avait bien remarqué. Peut-être aussi avait-il dit quelque chose. Ensuite elle avait fait la connaissance de Thomas à la vente de charité. Et Rune s'était assagi, il avait compris qu'elle ne quitterait pas le village et qu'ici il n'y avait pas de place pour lui. Il était parti.

Rune avait invité Kathrine dans l'église, mais elle n'y était jamais allée, pas même après. Elle ne croyait pas en Dieu. Presque personne au village ne croyait en Dieu, pas même le pasteur peut-être, un homme sympathique qui faisait son travail, comme tout le monde.

Seul Ian croyait en Dieu. Ian, le prêtre écossais, que Kathrine croisait de temps à autre dans la rue et qui était missionnaire auprès des marins russes. Elle l'avait vu la première fois sur un des chalutiers et l'avait pris pour un Russe. Elle avait fouillé son sac à dos, croyant y trouver de la contrebande, mais n'avait trouvé que des bibles. Ian appartenait à une organisation internationale créée pour évangéliser les pays communistes et qui maintenant combattait les sectes, en pleine expansion. Il avait installé dans le sous-sol du foyer des pêcheurs une salle de recueillement. Il y invitait les matelots, leur préparait du thé, parlait, chantait et priait avec eux, lorsqu'ils en avaient envie. Lorsque Kathrine le rencontrait, il portait toujours un bonnet de laine et un vieux sac à dos rempli de bibles russes. Il lui racontait alors comme il se sentait malheureux et seul au village, et elle faisait un bout de chemin avec lui en essayant de le réconforter. Elle lui demanda pourquoi il ne se faisait pas muter, lui expliquant que ce n'était pas avec son propre malheur qu'il pouvait racheter le bonheur des autres. Mais Ian lui dit que Jésus l'avait conduit jusqu'ici et que Jésus l'emmènerait aussi d'ici. Elle lui répondit, c'est l'express côtier qui t'a conduit jusqu'ici et c'est lui qui t'emmènera aussi d'ici.

« Les gens d'ici croient en Dieu, mais ils ne croient pas en Jésus, dit un jour Ian, ils croient à la création mais pas à l'amour.

— La création, elle est bien là, dit Kathrine, mais l'amour... »

Ian dit alors qu'il lui souhaitait de se réconcilier avec son mari. Kathrine lui dit que Helge n'était plus son mari, et Ian répondit qu'il prierait tout de même pour eux deux. Et voilà que maintenant c'était Thomas qui n'était plus son mari, Kathrine se demanda si Ian priait aussi pour eux, et elle fit le vœu que ça ne serve à rien. Elle pensa à l'enfant comme si c'était l'enfant de Thomas et non pas le sien.

Pour la vente de charité, Ian avait collé du sable et des coquillages sur des petits cadres de tableaux, il en avait fait une dizaine, mais personne ne les avait achetés. Finalement Rune en avait pris deux et en avait offert un à Kathrine. Il y avait placé une photographie de lui. Kathrine avait jeté le cadre après que Thomas s'en fut moqué. Elle avait conservé la photo.

Lorsque Kathrine se réveilla, Jürgen n'était plus là. Quelqu'un avait frappé et refrappait. Elle tira sur la porte sans se lever. C'était le contrôleur du wagon. Il lui rendit son billet et son passeport, puis lui dit que dans un quart d'heure ils arriveraient à Paris et lui souhaita un agréable séjour. Kathrine regarda sa montre. Dehors les maisons devaient déjà faire partie de Paris. Le train traversait une suite ininterrompue de zones habitées, longeait des immeubles hauts et étroits, se faufilait parmi les gares de banlieue. Sur les quais, une foule de gens agglutinés regardait passer le train. Certains étaient plongés dans leur journal, d'autres tournaient la tête. Il devait sûrement se trouver là aussi une Kathrine, une Catherine avec un enfant, un mari et un amoureux. Elle se trouvait là chaque matin, allait à son travail, préparait du café, mangeait le midi avec ses collègues puis rentrait le soir à la maison.

Kathrine était allongée sur sa couchette et regardait par la fenêtre. Dehors, un train bondé avançait lentement à côté du sien et, au travers des fenêtres, les banlieusards la regardaient, leurs regards plongeaient sans retenue dans le compartiment avec l'assurance que rien ne pouvait leur arriver. Kathrine voulut tirer la couverture par-dessus sa tête mais finalement elle se leva et, juste en slip et en T-shirt, alla se mettre devant la vitre. Elle essaya de retenir le regard des hommes, mais maintenant ils se détournaient tous, baissaient les yeux. Seul un jeune homme la regarda encore, leurs regards se croisèrent pendant un instant.

Le train de nuit ralentit sa course. L'autre l'avait maintenant dépassé et Kathrine aperçut, par-delà les voies, d'immenses entrepôts, des usines, d'affreux bâtiments d'un blanc jaunâtre, ou gris, arborant des enseignes qu'elle n'avait encore jamais lues. La ville était différente de celle que Kathrine s'était imaginée, différente de celle que Thomas lui avait décrite. Mais ce n'est pas le Paris de Thomas, c'est mon Paris, pensa-t-elle.

Elle s'habilla et se rendit dans le cabinet de toilette. Elle eut un choc quand elle se vit dans le miroir. En se regardant dans les yeux, elle y vit la peur qu'elle avait presque déjà oubliée.

Dans le métro, un vieil homme et une jeune femme faisaient de la musique. L'homme jouait de l'accordéon, la femme chantait. Kathrine sut qu'ils venaient de Russie sans avoir besoin de lire l'écriteau en carton placé devant eux, par terre, près d'une petite assiette.

Elle repensa à Alexander, qui était mort, qui n'était plus là. Si au moins on l'avait retrouvé, si on avait pu l'enterrer. Même les morts doivent avoir leur place. Mais il avait disparu, il était tout simplement parti, s'était volatilisé, tout comme elle s'était elle-même volatilisée. Plus rien n'était au bon endroit.

Elle prit le premier métro qui arriva. En démarrant, il fit un bruit de bateau et se mit à tanguer. Kathrine s'était assise sur un strapontin. Face à elle était assis un homme avec des chaussettes blanches qui lisait un journal et observait Kathrine par-dessus ses demi-lunes. Elle regarda à travers la vitre. La première station s'appelait Poissonnière. *Poisson*, elle connaissait. C'était écrit sur les cartons chez Nils H. Nilsen. *Filet de Poisson.*

Elle continua pendant quelques stations et descendit. Elle marcha dans des tunnels, traversa des halls souterrains et atterrit, sans avoir vu la lumière du jour, dans l'un des grands magasins dont Thomas lui avait parlé. Mais tout était très différent de ce qu'il lui avait raconté. Elle se demanda s'il lui avait menti, si elle s'était elle-même illusionnée ou si elle ne l'avait tout simplement pas compris. Quelque part, dans une cafétéria, devait se trouver une coupole en verre multicolore. Elle monta avec l'ascenseur jusqu'au dernier étage où se trouvait la cafétéria. Mais là il n'y avait pas de coupole en verre multicolore. C'était un vaste espace qui, au moyen de décorations bon marché, des treillis en bois peints en blanc et des rameaux fleuris en plastique, avait été transformé en café-jardin. Elle n'était jamais allée auparavant dans un café-jardin mais elle le perçut immédiatement comme tel et c'est pour cette raison sans doute qu'elle émit quelques réserves sur la décoration. Cela ressemble, pensa-t-elle, à la façon dont une Norvégienne, qui n'est encore jamais allée dans un café-jardin, se l'imagine. Elle sourit. Elle alla se chercher un café et s'assit à l'une des tables.

Non loin d'elle était assis un homme d'une cinquantaine d'années. Il ne buvait rien. Près de lui se trouvait une liasse de feuillets écrits serrés. Il regardait vers Kathrine. Elle lui sourit mais il ne réagit pas et continua seulement à la regarder avec curiosité. Elle alla reporter son plateau et redescendit jusqu'en bas par l'escalier roulant. Elle aperçut alors la coupole bariolée tout en haut de l'immense hall inondé de lumière qui traversait tous les étages. Elle était belle certes, mais Kathrine se l'était imaginée encore plus belle et plus grande.

Elle se faufila parmi les étalages, comme si elle était à la recherche de quelqu'un. Tout était beaucoup trop beau pour elle. Elle décrocha d'un cintre une chemise de nuit d'une finesse inimaginable, garnie de dentelles, la posa devant elle et se regarda dans un miroir. C'était d'un ridicule, le contraste entre sa fourrure synthétique bleu marine sur ses épaules et la soie si fine, si fluide. Elle est tellement légère que je pourrais la glisser tout simplement dans mon sac et m'en aller, pensa-t-elle. Mais elle ne me va pas. Elle lut le prix sur l'étiquette. Il ne lui convenait pas non plus. Dans tout le magasin flottait une odeur de vanille.

Au rez-de-chaussée, elle s'acheta du parfum. Elle passa parmi les stands des diverses marques de cosmétique, devant de jeunes vendeuses qui n'étaient pas plus jolies qu'elle, mais beaucoup mieux habillées, et minutieusement maquillées. Elles accostaient les clientes et leur vaporisaient du parfum sur les mains, le dos de la main, le poignet. Personne n'accosta Kathrine. Sur l'un des stands, elle aperçut un petit flacon violet sur lequel, en lettres dorées, était écrit *Poison.* Quel nom bizarre pour un parfum, pensa-t-elle. Elle tendit sa main à l'une des vendeuses. La femme la saisit du bout des doigts, la retourna et lui vaporisa un peu de parfum sur le poignet. Kathrine le respira, mais parmi les effluves suffocants des milliers d'autres elle le discerna à peine. Elle n'inhala que l'alcool qui s'évapora lentement, en lui faisant froid au poignet. La vendeuse s'était déjà éloignée. Elle parlait avec une collègue et Kathrine eut l'impression que toutes deux étaient en train de se moquer d'elle, peut-être parce qu'elle avait sa valise à la main. Elle dit alors qu'elle voulait un flacon de Poison. Le parfum était très cher mais ça lui était maintenant complètement égal.

Elle sortit dans la rue. Un homme déguisé en orange marchait sur le trottoir. Kathrine se réjouit quand elle aperçut les marches du métro. Elle se réjouit car elle savait où elle allait. Elle était heureuse d'aller voir Christian, et espérait que lui aussi serait heureux de sa visite. Elle s'en voulait de ne pas être allée directement à Boulogne.

Elle s'imagina comment Christian la caresserait, embrasserait sa nuque, comme ses mains iraient fouiller sous sa fourrure synthétique, sous son T-shirt. Il était allongé près d'elle, il l'embrassait, ses mains étaient partout, il lui murmurait des choses à l'oreille, il s'étendait sur elle, elle s'asseyait sur lui. De superbes meubles anciens décoraient la chambre. Il y avait même une cheminée dans laquelle brûlaient des bûches. Il faisait chaud, et le lit avait des tas de couvertures et des draps en lin et un matelas moelleux qui gémissait au moindre mouvement.

Kathrine prit le métro en sens inverse jusqu'à la gare du Nord. La chanteuse russe et son accompagnateur, son père ou son amoureux, n'étaient plus là, mais peut-être était-ce un autre tunnel que Kathrine avait pris, elle ne savait plus très bien.

Le soir tombait lorsque Kathrine arriva à Boulogne. Elle se fit expliquer par un taxi le chemin jusqu'à l'*Hôtel du Vieux Matelot* et s'y rendit ensuite à pied bien qu'il plût et bien que ce fût loin. L'hôtel était un bâtiment moderne et hideux. La porte était fermée à clé. Kathrine sonna. Cela dura un long moment jusqu'à ce que quelqu'un vienne ouvrir, un jeune homme. Il l'examina sur toutes les coutures avant d'ouvrir. Elle demanda si un certain Christian Nygård habitait ici. Le jeune homme fit un signe de tête affirmatif et lui demanda si elle désirait une chambre. Oui, répondit-elle. L'homme lui fit remplir une fiche de renseignements et lui tendit une clé. Elle lui demanda le numéro de chambre de Christian. Dix-sept, répondit le jeune homme, ils étaient sur le même palier. Mais le Monsieur ne rentrait la plupart du temps qu'assez tard de son travail.

Dans la chambre se trouvaient des vieux meubles de provenances diverses. Au mur était accrochée une reproduction en couleurs de Venise. Le chauffage avait été coupé et le radiateur mit un certain temps à se réchauffer après que Kathrine eut rouvert la manette. La chambre donnait sur une rue étroite. On n'y voyait pas un chat.

C'était donc ici qu'habitait Christian, c'était là sa vie, cette chambre minuscule dans un quelconque hôtel d'une ville tout aussi quelconque. Kathrine se demanda ce qu'il avait pu apporter de chez lui, des livres, des photos ? Le doute la saisit, était-ce une bonne idée d'être venue ? Ils s'étaient plu certes, mais peut-être y avait-il ici également une femme qui plaisait à Christian. Une femme qui passait chaque matin dans cette rue, qui lui avait tapé dans l'œil et qu'il avait abordée dans un café, dans un bar. Une employée des douanes, pensa Kathrine, elle s'appelle Chantal ou bien Marianne, elle a un enfant. Elle est malheureuse. Christian lui donnera rendez-vous, ils iront boire du vin ensemble, il lui montrera le site web de son entreprise, plus tard il lui enverra des e-mails dans lesquels il lui dira que les femmes au Danemark sont différentes des femmes en France. Elle lui répondra, au début parce qu'elle espérera que leur aventure prenne de l'importance, ensuite parce qu'elle croira au moins avoir trouvé un ami, enfin par habitude. Christian ne rendra pas Chantal heureuse, ou Marianne, ou qui que ce soit.

Christian n'était pas très entreprenant, il n'avait jamais embrassé Kathrine. Mais peut-être ne lui plaisait-elle tout simplement pas. Ses seins étaient assez petits, trop petits à son goût. Elle était trop mince, elle n'avait presque pas de hanches. Et elle aurait préféré être blonde. Thomas lui avait dit une fois qu'elle devrait se décolorer les cheveux, mais elle n'avait pas voulu.

Peut-être Christian préférait-il les femmes avec des gros seins et des cheveux blonds. Les femmes sensuelles avec des ongles longs et laqués. Les femmes aux allures de félin, qui riaient fort. Peut-être que les Françaises étaient différentes, tout comme les Portugaises étaient différentes. C'était ce qu'il lui avait écrit, jadis, quand il était au Portugal. Sûr et certain, pensa Kathrine, il a une petite amie ici, une femme. Il va m'en vouloir d'être venue. Je le verrai au petit déjeuner, pensa-t-elle, je n'irai pas frapper à sa porte. Il ne peut pas m'interdire d'habiter ici, je suis libre. Mais ça veut dire quoi d'ailleurs ?

Il faisait de plus en plus sombre dans la pièce. Kathrine n'alluma pas la lumière. Elle était terriblement fatiguée, jamais elle n'avait été aussi fatiguée. Elle était allongée sur le lit, elle pensait à Thomas, à son enfant, à sa mère, à Alexander. C'était comme si elle pensait double, comme si derrière ses pensées s'écoulait un flux parallèle où, de temps à autre, une image se figeait, et inondait sa conscience, une image obscure, confuse, sur laquelle on distinguait avec peine une pièce, des gens en train de s'affairer – une espérance ou un souvenir.

Elle eut peur. C'était comme si elle devenait folle. Comme si elle était très vieille et qu'elle portait en elle une vie pleine de rencontres énigmatiques dont elle n'avait qu'un vague souvenir. C'étaient des esquisses de rêves, de rêves qu'elle avait pu faire à un moment de sa vie et qui maintenant, parce qu'ils étaient hors de propos, l'effrayaient. Des histoires qui attendaient leur dénouement. Il lui fallait agir mais elle ne savait que faire. Quelqu'un lui réclamait quelque chose. Des gens la harcelaient. Une ombre, qui semblait être la sienne, courait devant elle et elle ne parvenait pas à la rattraper. C'était un monde, qui quelque part, là, tout près, l'attendait, un monde incroyablement grand et sombre, avec ses lois propres. Rien ne se passait. Les silhouettes ne se déplaçaient que lorsqu'elle-même se déplaçait. Comme dans ce jeu auquel ils jouaient étant enfants. Quelqu'un se place dos aux autres, tous courent vers lui, et quand il se retourne, tous s'arrêtent pile. C'était le tour de Kathrine, mais elle n'osait pas se retourner. Elle avait peur que les autres se précipitent sur elle quand elle leur tournerait le dos.

Elle ne bougeait pas. Elle était debout devant la fenêtre et attendait, elle guettait la disparition des silhouettes. Il faisait froid dans la chambre. Kathrine sortit son uniforme de sa valise et l'enfila. Elle se regarda dans le miroir, avec ses mains elle caressa l'étoffe rugueuse de sa salopette. Une douanière, pensa-t-elle, mais ça ne l'aida en rien. Elle retira le couvre-lit, s'enroula dedans et s'allongea par terre, tout près du radiateur, qui lentement se réchauffait. Elle pleura en silence. Elle avait peur.

Kathrine ne savait pas combien de temps s'était écoulé quand on frappa à la porte. Elle était toujours allongée par terre près du radiateur. La fenêtre était maintenant plongée dans l'ombre, elle pouvait apercevoir un coin de ciel, mais pas la moindre étoile. Elle entendit la voix de Christian. Kathrine, es-tu là, cria Christian. Oui, j'arrive, répondit-elle.

Lorsqu'elle vit le visage épouvanté de Christian, elle faillit pouffer de rire. Elle lui sauta au cou et lui dit, je suis si heureuse que tu sois là. Il la tenait tout de traviole, lui tapotait le dos en lui demandant ce qui n'allait pas. Et pourquoi diable elle était ici, et comment elle l'avait trouvé, et pourquoi elle portait son uniforme. Ils s'écartèrent l'un de l'autre. Kathrine s'assit sur le lit, Christian alla allumer la lumière et fermer la porte. Puis il vint s'asseoir à quelque distance de Kathrine.

« Tes parents m'ont donné ton adresse.

— Tu es allée chez mes parents ? Elle t'a laissée entrer ?

— As-tu un peu de temps ? Je ne voudrais pas... tu as une petite amie ici ?

— Une femme dans chaque port, dit Christian en riant. J'ai tellement de travail...

— Quelle heure est-il ?

— Neuf heures. On va manger quelque chose ? Les restaurants ferment tôt ici en hiver. »

Kathrine alla dans la salle de bains. Elle ne ferma pas la porte complètement et continua à parler avec Christian pendant qu'elle se changeait. Il lui demanda ce qui lui ferait plaisir.

Ils dînèrent dans un bistrot à proximité de l'hôtel. Il y faisait froid. Le serveur approcha un radiateur à huile près de la table, mais cela ne servit pas à grand-chose. Le repas n'était pas particulièrement bon. Le vin réchauffa Kathrine et dissipa peu à peu son désarroi. Christian lui demanda pourquoi elle était partie, pourquoi elle était venue jusqu'ici. Et elle lui raconta les mensonges de Thomas et sa fuite. Elle lui raconta qu'elle avait suivi Thomas jusqu'à la cabane de ses parents, et qu'il était resté assis là, sans bouger. Qu'il lui avait fait peur. Mais elle ne parla pas de Morten.

« Pourquoi tous, chez vous, ont-ils donc ces petites cabanes ? Qu'est-ce que vous y faites ?

— Les gens y partent le samedi, dit Kathrine. Ils s'assoient autour de la table et boivent du café, ou de la bière. Et le dimanche ils rentrent chez eux. »

Christian éclata de rire.

« Depuis que je suis partie, je n'ai pas vu le soleil, dit Kathrine. J'ai eu peur.

— Et maintenant ?

— Je ne sais pas. Ça pourrait revenir. Je n'ai rien à faire ici.

— La peur, c'est la rançon de la liberté, dit Christian en souriant. Comment as-tu trouvé Paris ? »

Kathrine dit qu'elle n'avait pas vu grand-chose de Paris. Christian prit une chemise jaune dans sa serviette et en sortit une pile de photos.

« J'y ai passé le dernier week-end », dit-il. « Tu veux voir les photos ? Je suis allé les chercher aujourd'hui. »

Ensemble ils regardèrent les photos. Le serveur apporta le café et leur offrit à chacun un calvados. Il remplit les verres à ras bord.

Paris était tel que Kathrine se l'était imaginé, tel qu'elle le connaissait à travers les livres et les brochures de voyage. Une belle ville sur fond de ciel bleu.

« Et qui reste belle même quand il pleut, dit Christian. Tu aurais dû la visiter.

— Qu'est-ce qu'on va faire maintenant ? demanda Kathrine.

— Je rentre dans deux jours à la maison. Ça a duré plus longtemps que prévu, mais nous venons tout juste de terminer. Demain nous procédons à une dernière série de tests. »

Il lui demanda si elle avait assez d'argent et aussi si elle avait envie le lendemain de venir à la conserverie visiter les installations.

« On se retrouve au petit déjeuner ? lui demanda-t-il lorsqu'ils furent de retour à l'hôtel.

— Oui, répondit-elle. Christian... ?

— Oui ?

— Je n'ai pas l'intention de rentrer.

— Oui.

— Et merci. Merci pour le dîner. »

La conserverie de poissons se trouvait dans une petite localité au sud de la ville. Kathrine et Christian s'y rendirent en bus. Ils firent la dernière partie du chemin à pied le long des falaises. Le ciel était toujours aussi couvert mais, vers l'ouest, les nuages avaient déjà commencé à se disperser, et la mer miroitait, blanche, sous les rayons du soleil.

« Vous avez à nouveau du soleil ? demanda Christian.

— Depuis quelques jours, répondit Kathrine. C'est difficile à dire. Il revient très doucement. On s'en aperçoit à peine. »

Elle dit qu'elle détestait l'obscurité.

Dans la conserverie, Christian lui tendit une blouse blanche et un bonnet de gaze blanche. Il l'attendit devant le vestiaire des femmes. Lui aussi portait une blouse et un bonnet.

« C'est insensé, dit Kathrine. Je viens pour la première fois en France et je vais visiter une conserverie. Alors que je n'ai même pas vu la tour Eiffel !

— Ça n'est pas très différent de chez Nils H. Nilsen, reconnut Christian. Je suis désolé. Je n'y avais pas pensé. » Il pointa une machine du doigt. « Voilà une Baader 142. Princess-Cut. Une machine à trancher.

— Tu dois éblouir tes autres petites amies avec ce genre de chose, dit Kathrine en riant.

— Si on part tôt demain matin, on peut aller à Paris voir la tour Eiffel. Ça te dit ? »

Kathrine hésita.

« Oui, mais... je ne sais pas quels sont tes projets. Qu'est-ce que tu veux, toi ?

— Ça me ferait plaisir de te montrer la Tour Eiffel », répondit Christian.

Ils avancèrent le long d'interminables rangs d'ouvriers et d'ouvrières qui ôtaient des moitiés de poissons de sur un tapis roulant, en quelques brefs coups de couteau enlevaient les filets, qu'ils lançaient ensuite sur un autre tapis roulant. Kathrine ne put s'empêcher de penser à son père. Il se tenait là, un peu courbé, son dos lui faisait mal. Il se retournait et lui lançait une moitié de poisson qu'elle rattrapait à la volée et lui renvoyait. Quel beau poisson tu as attrapé, lui disait son père, puis il se remettait au travail. Il était payé à la pièce.

« Mais tu connais déjà tout ça », lui dit Christian.

Kathrine lui dit qu'elle partait, elle voulait aller se promener sur la plage. Il lui dit que les tests commenceraient à dix heures, que ça ne durerait pas très longtemps. En fait tous les tests avaient déjà été réalisés, ce n'était aujourd'hui qu'une présentation à la direction.

« Ensuite on ira déjeuner, on boira du vin et du calvados, et aux alentours de deux heures je devrais en avoir fini. »

Il raccompagna Kathrine au vestiaire. Ils se donnèrent rendez-vous en début d'après-midi à l'hôtel. Kathrine se lava les mains, jeta sa blouse dans un tonneau bleu réservé à cet usage, puis quitta la conserverie.

Elle marcha jusqu'à la grand-rue où se trouvait l'arrêt du bus. Le prochain passait dans une demi-heure. À côté de la station se trouvait un café, *Aux Travailleurs de la Mer*. Deux hommes étaient assis à l'une des tables et jouaient au loto. Les nombres s'inscrivaient sur un écran. Kathrine but un crème, puis ressortit dans la rue. Deux enfants regardaient à l'intérieur du café à travers les vitres, d'autres étaient assis sur de hauts bancs en bois, face à une auto tamponneuse qui n'était pas encore en service, ou ne l'était plus. Kathrine avait bien aimé la musique dans le café, ces hommes avec des voix douces qui chantaient en français. Tout était plus doux ici, la langue, les voix, les jeux des enfants, le temps, l'air, qui était humide et l'enveloppait, et le vent, qui soufflait du large, qui n'était pas froid mais lui coupait le souffle.

Elle se demanda ce qu'aurait été sa vie si elle était née ici, si elle avait vécu ici. Randy serait assis sur un banc face à une auto tamponneuse. Elle parlerait français, se prénommerait Catherine. Peut-être ferait-elle mieux la cuisine, teindrait-elle ses cheveux. Mais je ne suis pas née ici, pensa-t-elle, c'est absurde. Je suis comme je suis. Pour toujours.

D'une rue transversale déboucha une file de voitures décorées de bandes de tulle blanc et de fleurs. En tournant dans la grand-rue, elles déboîtèrent dangereusement. Les conducteurs paraissaient ivres, et dans les voitures qui défilaient maintenant devant l'arrêt du bus, les gens faisaient des mines d'enterrement.

Quelque chose de vieux, quelque chose de neuf, quelque chose de prêté et quelque chose de bleu, pensa Kathrine. Qu'est-ce que j'avais donc emprunté quand je me suis marié avec Helge ? Avec Thomas, c'était le collier de perles de Veronica. Et de bleu ? Un petit oiseau en verre soufflé dont on lui avait fait cadeau lorsqu'elle était enfant. Et de vieux et de neuf ? Thomas n'y avait rien compris, il avait appelé ça de la superstition. Le plus beau jour de ma vie, pensa Kathrine.

Le bus traversa une colline verdoyante pour rejoindre la ville. D'un côté de la route se trouvait un cimetière, de l'autre un terrain de football. Juste devant Kathrine avait pris place un homme avec quatre points bleus tatoués sur le revers de la main, et sur le bras un mot qu'elle ne parvenait pas à lire. Elle n'avait fait que l'entrevoir, lorsque l'homme avait levé son bras pour demander le prochain arrêt. Il était descendu à la gare.

Kathrine continua jusqu'à la mer et entra dans l'aquarium. *For those who love the sea,* était écrit sur une pancarte. Il n'y avait là pratiquement que des parents avec leurs enfants, et elle se sentait déplacée. Elle regarda les méduses, les requins, les étranges araignées de mer, énormes bêtes rouges qui n'arrêtaient pas d'essayer de grimper le long de la paroi postérieure noirâtre de l'aquarium, et qui indéfiniment retombaient. Le tout était accompagné de morceaux au piano diffusés sur des haut-parleurs. Les thons avaient des airs graves et des têtes de vieillards. Il y avait une pièce sombre qui ressemblait au pont d'un chalutier. Kathrine lut les pancartes sur les murs, en anglais et en français. Un monde aux antipodes de notre monde. La pêche dépend essentiellement de la décision du capitaine. Il est après Dieu le seul maître à bord. Kathrine pensa à Alexander. Il n'avait pas cru en Dieu, c'était certain. Tout comme elle, tout comme la plupart des gens au village, quoi qu'en dise Ian. La vie était trop dure là où ils habitaient, ils n'avaient pas de temps pour ce genre de choses. Le métier est dur, disait l'une des pancartes, on ne vit plus au rythme des jours et des nuits, mais au rythme de la mer, et de la migration des poissons.

Près de la sortie était suspendu un tableau

sur lequel les visiteurs pouvaient écrire leurs impressions. *I loved the spider crab because there big.* L'écriture d'un enfant. Elles auraient également plu à Randy, pensa Kathrine. Dans la boutique de souvenirs, elle lui acheta une carte postale avec des araignées de mer, et une maquette à réaliser d'un chalutier plus grand que le *Verchneuralsk*, le bateau d'Alexander.

La mer était d'un vert jaunâtre et le ciel gris-bleu. Le vent soufflait avec violence et de fins nuages de sable ondoyaient aux pieds de Kathrine. C'était comme si le sol remuait sous elle. Elle marcha le long de la plage en pensant que c'était cette même mer qui, à des milliers de kilomètres plus au nord, battait les falaises. Cette même mer où Alexander s'était peut-être noyé, et sur laquelle le *Verchneuralsk* continuait à pêcher sans lui. Sur laquelle aussi Harald allait bientôt reprendre, à bord du *Polarlys*, sa route vers le nord. C'était devant cette même mer qu'elle s'était si souvent assise quand elle était malheureuse. Et qu'au Kongsfjord, le dimanche, elle allait s'asseoir au bord de la plage pendant que l'enfant jouait. À Paris, elle avait encore de ce sable dans ses chaussures.

Kathrine entra dans la cathédrale. Des choristes étaient en train de répéter. Elle resta immobile à les écouter. Un jeune homme s'approcha d'elle et se mit à lui parler. Elle ne comprit pas ce qu'il voulait. Elle hocha la tête et le jeune homme disparut.

Kathrine n'était jamais entrée dans une église catholique. Elle fut impressionnée par les innombrables bougies, par toutes les magnifiques statues, par celles de la Vierge Marie. Elle alluma un cierge et paya la somme indiquée. Un cierge pour quoi ? Pour Christian et moi, pensa-t-elle. Mais Christian était juste amical. Elle se demanda ce qu'il aurait fait la veille si elle n'était pas venue. Il ne semblait pas avoir de petite amie. Mais peut-être allait-il voir les prostituées. Ou bien traînait-il sur Internet, ou encore allait-il se saouler dans un bar, à moins qu'il ne demeure tout simplement assis là, devant une table, comme Thomas dans la cabane de ses parents. À attendre.

Il ne voulait rien d'elle. Il ne s'intéressait pas à elle. Peut-être ne s'intéressait-il absolument pas aux femmes. Elle ne l'avait jamais vu avec une femme. Cette fois encore il était amical, exactement comme il l'avait toujours été, il voulait lui montrer Paris et ensuite l'asseoir dans un train qui la remmènerait à Bergen, ou bien à Narvik, d'où elle prendrait le bateau. Il l'embrasserait sur les deux joues et lui souhaiterait bon voyage, il lui donnerait même de l'argent si elle lui en demandait. Et dans quelques semaines il lui enverrait un e-mail d'un autre pays.

Mais qu'espérait-elle donc ? Que voulait-elle de lui ? Elle n'était pas sûre qu'il fût pour elle plus qu'un ami habitant à l'étranger. Elle se serait volontiers laissé embrasser par lui jadis, alors qu'il séjournait dans son village, et qu'elle était seule. Maintenant aussi elle se laisserait volontiers embrasser. Elle coucherait bien avec lui, elle voulait coucher avec lui. Il signifiait pour elle plus que Thomas, peut-être. Mais Thomas était son mari, elle lui avait donné sa parole, et lui aussi lui avait donné la sienne. C'était un menteur, mais il tiendrait cette parole, de cela Kathrine était sûre. Il ne la comprendrait jamais, il ne la toucherait pas, mais à elle et à l'enfant il donnerait un foyer, il s'occuperait d'eux s'ils tombaient malades. Même sa mère, même son père, Veronica, Einar s'occuperaient d'eux. Ils lui achèteraient des cadeaux pour Noël et pour son anniversaire. Et Kathrine elle aussi leur achèterait des cadeaux. Elle le ferait.

Elle sortit de la cathédrale. Le vent chassait les derniers nuages vers l'est. Kathrine inspira profondément l'air glacial. Elle avait l'impression de ne pouvoir respirer que lorsqu'il faisait jour. Elle pensa à la nuit polaire, à tous ces sombres mois au village. C'était alors comme si elle aspirait l'air par la peau, comme si tout se désintégrait, tout se fondait en une unique masse sombre. Les personnes, les objets, les maisons, la neige et les falaises se superposaient telles des ombres pour ne plus être qu'une immensité ténébreuse et sans forme.

Kathrine retourna à l'hôtel. Il était une heure de l'après-midi. Elle boucla sa valise, paya sa chambre et se rendit à la gare. Un train venait juste de partir. Le prochain partait dans une heure. Elle alla s'asseoir au buffet et commanda une bière.

Au travers des baies, elle apercevait les immeubles de l'autre côté de la place et un bout de ciel, des nuages. Avant l'arrivée du train suivant, Christian fit soudain irruption. Il prit place face à Kathrine. Il ne dit rien, la regarda simplement en souriant béatement, à moins qu'il ne fût ivre. Il commanda un café au lait.

« Café olé », dit-il en riant de façon embarrassée. « Je suis un peu saoul, pardonne-moi. Je n'aime pas boire dans la journée. Mais c'étaient des adieux, en quelque sorte. Les Français... » Il se mit à rire.

Kathrine fit une grimace.

« Je ne voulais pas qu'à cause de moi...

— J'aimerais bien, moi aussi, retourner à Paris, dit-il, comme elle n'achevait pas sa phrase. C'est vrai. Je ne sais pas quand je reviendrai par ici.

— Et ensuite ?

— Ensuite, j'imagine qu'on rentrera à la maison.

— Thomas a vidé mon appartement.

— C'est ton deuxième mari ? »

Elle haussa les épaules et raconta à Christian ce qu'elle ne lui avait pas encore raconté. Il ne réagissait pas, et elle se demanda s'il l'écoutait ou s'il était trop saoul. Lorsqu'elle eut terminé, elle dit : « Je ne sais pas où aller. Je n'irai pas loin avec mon argent. À un moment il faudra que je rentre. Chez Thomas, j'imagine.

— Seulement à cause de l'argent ? demanda Christian. Si tu as besoin d'argent...

— Où veux-tu que j'aille sinon ? Je ne peux quand même pas commencer une nouvelle vie.

— J'ai parfois l'impression de ne pas avoir encore commencé à vivre, dit-il. Je suis content que tu n'aies pas vu ma chambre à

Århus. » Il rit. « Il y a au mur une photo de l'équipe nationale danoise de football. Je l'aurais enlevée depuis longtemps, si j'avais su quoi accrocher à la place.

— Mais tu voyages dans le monde entier.

— C'est une des possibilités. La fuite, dit Christian en clignant de l'œil. Contrairement à moi... tu as eu un enfant, deux maris. C'est ça le monde.

— Et toi ?

— J'ai une petite amie à Århus. Elle est infirmière. Elle rend visite à mes parents quand je ne suis pas là. Elle échange des recettes de cuisine avec ma mère. »

Il éclata de rire. Il fit de la peine à Kathrine. Elle sourit et dit : « On retourne à l'hôtel ? »

Le hall de l'hôtel était tout sombre. Dans les escaliers, Kathrine demanda à Christian dans quels endroits il était allé.

« Partout, répondit-il. Tu veux voir les photos ?

— Tu les as ici ?

— Oui, dit-il en refermant la porte de sa chambre. Je te les montre. »

Sa chambre était encore plus petite que celle de Kathrine. Elle s'assit sur le lit. Il y avait par terre une valise ouverte, dans le lavabo, quelques chaussettes surnageaient. Sur la minuscule table se trouvaient un téléviseur, posé là au cas où, et à côté, sur un vieux journal danois, un petit avion de chasse en plastique, une maquette presque achevée.

« Un passe-temps », dit Christian, « un Messerschmitt Me 109. C'était jadis l'avion le plus rapide du monde. Avant la guerre. »

Il s'empara du modèle réduit, lui fit faire deux tours au-dessus de la tête de Kathrine, puis déclencha l'attaque avec ses mitrailleuses.

« Arrête », dit-elle. Il s'excusa pour sa chambre en désordre. Où manque la police abonde la malice, pensa Kathrine, mais elle refusait de penser à Thomas maintenant.

« C'est ta chambre, dit-elle.

— Moins on s'installe, plus il est facile de repartir », dit-il.

Il avait sorti une pile de dossiers rouges et jaunes de sa valise. Il vint s'asseoir près de Kathrine pour lui montrer les photos. Il les regardait l'une après l'autre puis les lui tendait en les accompagnant d'une brève explication, résumée souvent à un seul mot. La plupart des photos montraient des bâtiments et des paysages, la mer, quelques-unes le ciel, des formations nuageuses. Au final venaient toujours des photos de personnes. Un groupe d'hommes en blouses blanches devant une conserverie de poissons. Parfois Christian se trouvait aussi sur ces photos. Des hommes serrés les uns contre les autres, le bras posé sur l'épaule du voisin, quelqu'un faisait une plaisanterie, ils riaient. Les collègues, dit Christian. Et aussi, le Portugal, Grimsby, c'est en Angleterre, Bremerhaven, là c'est Holger, un ami, Vancouver.

« Rome », dit-il en tendant une photo à Kathrine sur laquelle on le voyait à côté du pape. « Le Saint-Père.

— Tu es catholique ?

— Oui, répondit-il. Nous ne sommes pas nombreux au Danemark.

— C'est quoi, être catholique ? Je suis allée à la cathédrale.

— Je ne sais pas. Je n'ai jamais été autre chose. C'est chouette. »

Revinrent à nouveau des photos de villes au bord de la mer, de conserveries, des photos de ports et de bateaux. Un homme tenant à bout de bras deux poissons qu'il venait de pêcher et qui riait.

« Je poursuis le poisson, dit Christian. Là où va le poisson, nous allons aussi.

— Poursuivre le poisson, dit Kathrine. Le poisson est partout.

— Ils traversent les océans par bancs, dit-il. Je n'arrive pas à m'imaginer. Comment ils nagent, loin, si loin. Est-ce qu'ils se connaissent entre eux ? Ils sont si nombreux. Ils se multiplient. »

Il dit qu'il s'imaginait que les poissons aimaient bien rester ensemble.

« Pour pouvoir rester ensemble, il faut qu'ils se sentent bien. »

Kathrine éclata de rire et se laissa tomber en arrière sur le lit. Elle retira ses chaussures, releva ses pieds et mit ses mains sur ses cuisses. Christian se retourna et la regarda. Elle lui sourit et lui fit un clin d'œil. « Qu'est-ce que tu ressens alors ? Tu es un poisson ?

— Nous pouvons partir aujourd'hui, dit-il. J'ai terminé. Si nous nous dépêchons... à quatre heures il y a un train direct pour Paris. Je connais un joli petit hôtel. »

Peu après six heures, ils arrivèrent à Paris. De la gare du Nord ils se rendirent directement au Trocadéro. Ils traversèrent l'esplanade entre les deux ailes du palais de Chaillot. La tour Eiffel était éclairée et merveilleusement belle.

« Elle est exactement comme je l'avais imaginée », dit Kathrine. Elle acheta chez un marchand ambulant une petite tour Eiffel en métal de couleur bronze, puis une seconde à l'intention de Christian.

« Souvenir », dit-elle, et lui : « *Are we having a good time ?*

— *Yes*, répondit Kathrine. *Oui*. On y monte ?

— Tu en as envie ? »

Christian fit une grimace et Kathrine éclata de rire.

« Les Danois n'aiment pas les hauteurs. C'est pour ça ?

— La valise », allégua Christian.

Ils prirent l'ascenseur jusqu'au deuxième étage. Ça suffit, dit Kathrine, en regardant en bas. Elle prit une photo avec Christian et une sans lui. Un souvenir public et un souvenir privé, dit-elle.

« Maintenant moi aussi j'ai quelque chose à raconter », dit-elle. Et brusquement elle éclata en sanglots.

« Il n'y a pas de quoi te mettre dans tous ces états, lui dit Christian. Vous avez aussi une tour chez vous.

— La plus haute antenne de radio de toute la Norvège, dit Kathrine en séchant ses larmes, mais on ne peut pas monter dessus. Je n'ai jamais autant pleuré de toute ma vie que ce dernier mois.

— Y a-t-il un autre endroit où tu te dois d'être allée ? » demanda Christian.

Ils prirent un taxi et sillonnèrent la ville, ils descendirent les Champs-Élysées, coupèrent par la place Vendôme, passèrent devant l'ancien et le nouvel Opéra. Kathrine photographiait à travers la fenêtre de la voiture, et lorsqu'ils regagnèrent l'hôtel, la pellicule était terminée. L'hôtel se trouvait dans une rue transversale.

« Nous pouvons prendre une chambre ensemble, suggéra Kathrine, ce sera moins cher.

— Je ne sais pas s'ils ont des chambres avec deux lits.

— Ça ne me gêne pas qu'on dorme dans le même lit », dit Kathrine. J'en ai trop dit, ou pas assez, pensa Kathrine, tandis que Christian s'entretenait avec la femme de la réception, brune de peau et élégamment habillée. Il essayait de parler en français. La femme était très patiente, mais finalement passa à l'anglais.

« Si vous le désirez, nous pouvons rajouter un deuxième lit dans la chambre.

— Non, non, ça ira comme ça. » Christian devint rouge écarlate et Kathrine se détourna et se dirigea vers un présentoir rempli de petits dépliants sur les différentes attractions touristiques. Elle en prit un sur un village gaulois et le feuilleta. Sur les photos on pouvait voir des huttes en bois, et des personnages identiques à ceux des albums d'Astérix de son enfance. Kathrine pensa au village saame près de Jukkasjärvi, dans lequel son père travaillait quand il avait rencontré sa mère. Il mimait pour les touristes des scènes de la vie traditionnelle des Saamis, et appelait ça le zoo lapon. Kathrine y était souvent allée quand elle était petite. Sa mère lui avait confectionné un costume traditionnel saame et elle en portait un elle-même bien qu'il lui donnât un air étrange. Sa famille avait quitté le sud de la Suède pour s'établir à Kiruna juste avant la guerre de quatorze. Le grand-père de Kathrine ainsi que son arrière-grand-père, des malabars gigantesques avec des cheveux blonds, avaient travaillé dans les mines de fer. Sa mère aussi était blonde et grande, le parfait cliché de la Suédoise. Son grand-père, que Kathrine n'avait jamais connu, avait été un homme pieux et austère. Lorsque sa fille était arrivée un beau jour à la maison et lui avait dit qu'elle allait se marier, qu'elle attendait un enfant, il l'avait presque assommée sur place. Et lorsqu'il avait appris que le père de l'enfant était un Lapon, il n'avait plus jamais adressé la parole à sa fille. Il n'y avait pas eu de bénédiction nuptiale, le père avait menacé le pasteur, et personne de la famille n'était venu au mariage civil à la mairie.

Kathrine s'était souvent demandé comment son père s'y était pris pour conquérir sa mère, comment il était parvenu à séduire cette jeune fille élevée si sévèrement, et qui, en plus, le dépassait d'une tête. Les Saamis ont plus de testostérone que les Suédois, lui avait alors dit son père en éclatant de rire. Mais sa mère lui avait dit qu'il voulait s'acheter un bateau de pêche. Il voulait partir, et moi aussi je voulais partir.

Les touristes avaient photographié Kathrine, la petite Lapone parmi les rennes, et son père, une fois, lui avait fait faire des tours sur un traîneau tiré par des rennes. L'authentique vie des Saamis. Après le travail, ils avaient enlevé leurs costumes et, avec la vieille Volvo, étaient retournés chez eux, dans leur deux-pièces. Son père avait allumé la télévision et sa mère avait calculé combien il manquait encore d'argent pour acheter le bateau.

La femme à la réception tendit une clé à Christian. Elle l'appela Monsieur et Kathrine Madame.

« Madame, lui dit Christian en ouvrant la porte de la chambre.

— Ça me fait l'effet... commença-t-elle, puis elle s'arrêta net.

— On va manger quelque chose ? » demanda Christian. Il dit qu'il connaissait un bon restaurant à proximité.

Pendant une bonne quinzaine de minutes ils parcoururent des rues ténébreuses, puis il finit par avouer qu'il s'était perdu. Ils durent interroger trois personnes avant que quelqu'un sache enfin leur indiquer le chemin.

Le restaurant était situé dans une sombre cour intérieure. Devant se trouvait un étal couvert de bourriches de fruits de mer entourées de glace. Il n'était pas tard, il n'y avait pas encore beaucoup de clients.

« Comment se fait-il que vous ne mangiez aucun coquillage ? demanda Christian.

— Je n'en sais rien, répondit Kathrine. Sans doute parce qu'il y a des poissons en pagaille.

— Tu as envie d'essayer ? Je vais te montrer comment on mange les huîtres. »

Il commanda un plateau de fruits de mer et lui montra comment extirper les bigorneaux de leurs coquilles et comment détacher les huîtres et autres coquillages de leurs écailles. Kathrine elle-même jugea surprenant de n'avoir encore jamais mangé de coquillages, mais ne leur trouva rien d'extraordinaire pour autant.

« Ils n'ont aucun goût », dit-elle.

Christian cassa pour elle la pince d'un homard. Ils buvaient du vin blanc. Ils commandèrent une deuxième carafe et ne touchèrent pas à l'eau. Leurs mains se frôlaient, et une fois Christian tendit à Kathrine un morceau de homard sur sa fourchette. Ils burent ensuite un café au goût amer accompagné de calvados, puis mangèrent une glace avec de la sauce au chocolat chaude. Le garçon arriva avec un petit pot en cuivre et versa le chocolat fondu sur la glace, jusqu'à ce qu'on lui dise quand il devait s'arrêter. Le restaurant était maintenant plein à craquer. Bruyant et étouffant. Kathrine était grisée de vin, de tout.

Voilà comment on séduit les femmes, pensa Kathrine, de retour à l'hôtel, alors que

Christian montait derrière elle l'étroit escalier. Sauf que lui ne veut pas me séduire. Elle ne savait pas si elle, elle voulait le séduire. Ils avaient passé une belle soirée, c'est à peine si elle avait pensé à Thomas, à l'enfant, au village. Maintenant elle était fatiguée, avait un peu mal au cœur d'avoir trop mangé et à cause du vin.

Madame, votre chambre. Christian disparut dans la salle de bains et Kathrine s'assit sur le lit. Elle appréhendait le moment où il allait ressortir. Elle se demandait ce qu'il porterait, et comment elle devait s'habiller. Au lit, elle avait l'habitude d'enfiler juste un vieux T-shirt. Elle le sortit de sa valise. C'était un T-shirt tout rétréci, usé jusqu'à la corde, avec une réclame de bière décolorée par les lavages répétés. Macks Øl – la brasserie la plus septentrionale de la planète. Il devait encore dater de l'époque où elle était avec Helge, il devait l'avoir reçu en prime avec une caisse de bière et le lui avoir donné parce qu'il était trop petit pour lui.

Kathrine eut honte. Elle eut honte de son T-shirt, de toute sa garde-robe, de ses sous-vêtements, les mêmes sous-vêtements confortables et fonctionnels que portaient la plupart des femmes du village, les jeunes comme les vieilles, et qu'elle achetait par lots de trois. Elle eut honte de son village, de ses histoires, de Helge surtout, mais aussi de Thomas, de sa mère, et de l'enfant qu'elle n'avait pas voulu. Elle eut honte de son appartement, de ses livres, de ne pas savoir déguster du vin, comment manger des coquillages et des bigorneaux. Elle eut honte de sa vie entière. Elle refourra le T-shirt dans sa valise.

Lorsqu'il ressortit de la salle de bains, Christian portait un pyjama rayé bleu et blanc élégamment coupé. Il avait mis des pantoufles et ressemblait à un lord anglais sorti tout droit d'un de ces livres qu'elle avait lus jadis. Il ne lui manque que le bougeoir et sa chandelle allumée, pensa-t-elle. Christian lui sourit, alluma la lampe de chevet, éteignit le plafonnier, et se mit au lit. Elle avait l'impression qu'il se déplaçait très lentement, comme un personnage sorti d'un rêve.

Elle entra dans la salle de bains. Elle se déshabilla et se regarda dans le miroir, dont les bords étaient encore couverts de buée. Pour mon âge, pensa-t-elle, et puis ah !... arrive ce qui doit arriver. Elle effleura ses hanches avec ses mains, comme si elle pouvait modeler son corps. Ça c'est moi, pensa-t-elle, c'est mon corps. Voilà tout.

Kathrine se lava avec un gant, elle n'avait aucune envie de se doucher. Il faisait froid dans la salle de bains, mais un lord anglais se douche même quand il fait froid. Il ne tient pas compte du froid. Il l'ignore. Elle se coiffa, rassembla ses cheveux puis les relâcha. Elle s'épila quelques sourcils, renifla ses aisselles, se lava les pieds dans le bidet. Elle se vaporisa un peu de son nouveau parfum sur le cou. Il avait l'odeur d'un autre pays, de la nuit et de l'amour. Pourquoi pas, pensa-t-elle, il n'a pas voulu de deuxième lit. Un lord anglais, elle avait lu ça, utilise la pince à sucre même lorsqu'il est seul. Elle n'avait encore jamais vu de pince à sucre. Elle enfila ses sous-vêtements. Puis finalement les retira et entra dans la chambre toute nue.

Christian était au lit. La télévision était allumée. Il y passait un vieux film avec Catherine Deneuve. Kathrine se glissa près de lui sous la couverture et la releva jusqu'au menton. Christian ne la regarda pas, se poussa juste un peu pour lui faire de la place et diminua le son. Elle percevait sa proximité, la chaleur de son corps. Il lui demanda si elle voulait qu'il arrête la télévision. Elle répondit que ça ne la dérangeait pas.

« N'est-elle pas magnifique ? dit-il.

— Qu'est-ce que c'est comme film ?

— *Belle de jour*. Avec Catherine Deneuve.

— Si j'étais française, moi aussi je m'appellerais Catherine. Ça parle de quoi ?

— C'est l'histoire d'une femme qui s'ennuie », répondit Christian.

Il regarda Kathrine. Elle lui sourit. Elle ne s'était jamais ennuyée, même quand sa vie était toujours pareille, même quand il ne se passait rien au village. Les jours qu'elle avait le plus aimés, étaient ceux où tout allait comme d'habitude. Seulement parfois, il lui était arrivé de craindre les dimanches.

Des coups de feu retentirent dans le téléviseur et Christian regarda le film à nouveau. Elle se tourna de l'autre côté et ferma les yeux.

Lorsque Kathrine se réveilla, il faisait jour dans la chambre. Déjà habillé, Christian était assis sur une chaise à côté de la fenêtre. Il regardait ses photos. Kathrine s'assit dans le lit.

« Tu as bien dormi ? lui demanda Christian.

— Et toi ?

— Je ne sais pas. Ma petite amie ne reste jamais pour passer la nuit. Mes parents...

— Mais... ?

— C'était beau là », dit Christian en tendant une photo à Kathrine. Elle s'agenouilla sur le lit pour la regarder. La couverture glissa de sur elle et elle s'aperçut qu'elle était nue et eut honte. Mais Christian n'avait d'yeux que pour la photo qu'il lui tendait.

« L'aquarium de Vancouver, dit-il. Les dauphins... »

Il était venu s'asseoir près d'elle au bord du lit et passait les photos en revue.

« La baleine tueuse. La seiche. Elles sont très intelligentes. Tu as déjà mangé de la seiche ?

— Jamais je ne le ferai. À Boulogne je suis allée voir l'aquarium. »

Elle prit la courtepointe et s'enroula dedans. « Il fait froid.

— Si tu es d'accord, on prendra le train de nuit de Cologne à Copenhague. Comme ça on pourra passer toute la journée ici.

— Tu veux faire ça toute ta vie ? Voyager ?

— Non, dit Christian, non. » Il réfléchit un moment, puis une fois encore dit non.

Ce fut une belle journée à Paris. La ville était très lumineuse, blanche, gris clair et argent. Belle de jour, dit Kathrine.

« Le Sacré-Cœur », dit Christian en pointant l'horizon où une église blanche se détachait sur un fond de ciel nuageux.

À cinq heures ils prirent le train.

À Cologne ils changèrent de train. Ils étaient arrivés beaucoup trop tôt sur le quai. Ils attendirent debout, l'un à côté de l'autre, sans dire un mot. Me voilà de retour, pensa Kathrine. À Kolding nous nous séparerons, ensuite je retournerai à la maison, qu'est-ce que je peux faire d'autre. J'irai dans mon appartement. Thomas finira bien par m'appeler, ou bien ma mère. Thomas me demandera où je m'étais cachée, et ma mère me dira, qu'est-ce qui a bien pu te trotter dans la tête, et ce pauvre Thomas, et l'enfant est-ce que tu y as pensé au moins. Ensuite elle parlera du temps passé, et, la prochaine fois qu'elle rencontrera Thomas, elle s'excusera pour moi et fera comme si de rien n'était, et elle lui dira que j'ai toujours été comme ça, une enfant récalcitrante. Et lui prendra ma défense. Ça c'est le pire. Il lui revint qu'ils avaient donné congé de l'appartement, que peut-être quelqu'un d'autre y habitait déjà. Elle avait encore la clé, mais plus d'appartement.

« Tu penses à chez toi ? lui demanda Christian.

— Et toi ? Tu es content de rentrer ?

— Oui et non. »

Christian lui dit qu'il l'admirait. La façon dont elle maîtrisait sa vie, se débrouillait, faisait ce qu'elle voulait.

« Que veux-tu que je fasse d'autre ? J'ai un enfant. Je dois gagner ma vie. Qu'est-ce que tu veux dire par là, je fais ce que je veux ? »

Christian lui dit qu'il avait peur de louer un appartement, peur d'acheter des meubles, de s'installer.

« Pourquoi ne prends-tu pas un appartement avec ta petite amie ?

— Je n'arrive pas à me décider. Je ne l'aime pas vraiment. Elle est O.K. Elle s'entend bien avec mes parents. Et elle est jolie aussi d'une certaine façon. » Il se mit à rire. « Quand j'ai appelé ma mère hier au téléphone, elle m'a parlé de toi. Une femme bizarre, a-t-elle dit, qui est-ce ?

— Et toi, tu me trouves bizarre ?

— Non. Tu es quelque chose d'exceptionnel. Belle de nuit.

— Tu me trouves belle ? Tu lui as dit que nous étions ensemble ?

— Tu imagines !

— Tu as mauvaise conscience ?

— Nous n'avons rien fait de mal », dit

Christian avec un air très sérieux, comme s'il devait s'en convaincre lui-même.

Kathrine ne put s'empêcher de rire. Puis le train arriva. Elle aperçut des gens qui se frayaient avec peine un passage dans les étroits couloirs des couchettes et se réjouit que Christian ait réservé un compartiment entier. Lorsque le train démarra, elle se mit à la fenêtre pour regarder une dernière fois la cathédrale. Elle entra dans le compartiment où Christian avait déjà rangé les bagages. Le contrôleur vint prendre les billets et les passeports.

« En haut ou en bas ? » demanda Christian.

Kathrine s'assit sur le lit du bas. Il vint s'asseoir à côté d'elle.

« Je ne veux pas rentrer », dit-elle, puis, un moment plus tard : « J'ai envie de coucher avec toi. De faire l'amour. » Il alla jusqu'à la fenêtre, l'ouvrit. Un vent froid s'engouffra dans le compartiment. Christian laissa pendre sa tête à l'extérieur. Kathrine vint se mettre derrière lui. Le vent l'ébouriffait. Elle posa son bras sur son épaule. Il cria pour couvrir le bruit du train, un long cri, qui allait en croissant, pareil au sifflet d'une locomotive. Comme un enfant, pensa-t-elle, il est comme un enfant. Elle l'attira vers elle, sans qu'il le veuille son corps frôla le sien. Elle essaya de se blottir contre lui. Il résista. Elle posa son visage contre son cou et pour la première fois respira l'odeur de sa peau et de ses cheveux. Puis soudain elle le sentit céder. Elle sentit son corps se serrer contre le sien. Il se retourna et l'embrassa. Il avait fermé les yeux.

Ils s'aimèrent sans échanger une seule parole, seulement par-ci par-là un oui ou un non à voix basse, pareil à un geste de la main, rien d'autre. Christian était différent de ce que Kathrine s'était imaginé, vif et puissant et malgré tout timide, ou plutôt irrésolu.

On ne peut jamais s'imaginer complètement, pensa-t-elle plus tard, c'est toujours plus ou moins que ce qu'on avait pensé. Elle ne savait pas si c'était le plus ou le moins qui l'avait emporté.

Ils étaient allongés l'un à côté de l'autre dans l'obscurité sur la couchette étroite. De temps à autre, au-dehors, surgissait une lumière et pour un instant elle apercevait le visage de Christian. Ses yeux étaient fermés et elle avait l'impression qu'à côté d'elle était étendu un homme qu'elle n'avait encore jamais vu. Ce qu'elle connaissait de lui avait disparu, et ce qui en restait n'était pas grand-chose de plus qu'un corps, nu, bien bâti, presque trop bien, et qui justement pour cette raison paraissait sans vie. Lorsqu'avec sa main elle effleurait sa poitrine, c'était comme si sa peau était une enveloppe.

« Qu'est-ce qu'on va faire, demanda Kathrine, qu'est-ce qui va se passer ?

— On dort, répondit Christian, je suis fatigué. »

Puis il dit que demain on verrait, et elle se demanda si elle avait commis une faute, puis elle se dit, le passé, c'est le passé.

Qu'est-ce qu'on va faire ? C'était aussi la question que sa mère avait posée, cette fameuse année à la fin de laquelle ils étaient supposés vendre le bateau. Et son père avait répondu, je suis fatigué, et il s'était endormi. C'est ainsi qu'elle revoyait toujours son père, quand elle pensait à lui, allongé sur le canapé en train de dormir ou de somnoler. La télévision marchait toute la journée. Avant, lorsqu'ils habitaient encore à Jukkasjärvi, il avait l'habitude d'aller pêcher dans les rivières. Les poissons sont tout simplement là, avait-il dit un jour à Kathrine, ce n'est pas comme les rennes qui appartiennent tous à quelqu'un, bien qu'ils soient en liberté. Les poissons sont vraiment en liberté, ils n'appartiennent à personne. C'était après qu'il se fut fait coincer pour avoir braconné un renne. Il lui avait coupé les oreilles, mais la police avait quand même fini par découvrir qu'il avait appartenu à Per-Nils, le frère de son père. Peu de temps après ils avaient quitté Jukkasjärvi. Il n'y avait toujours pas assez d'argent pour acheter un bateau et son père avait pris un crédit qui avait fini par le ruiner. Il ne connaissait rien à la pêche en mer. Il avait acheté le mauvais équipement et payé beaucoup trop cher le bateau. Au début il avait le mal de mer à chaque fois qu'il sortait, et n'attrapait pas beaucoup de poissons, alors très vite il n'avait plus pu payer les intérêts. Pendant deux ou trois ans ils avaient vivoté tant bien que mal. La mère de Kathrine avait travaillé à la conserverie et lentement les pêches étaient allées en s'améliorant. Mais ensuite les réserves en poissons avaient décliné et même les pêcheurs chevronnés ne prenaient presque plus rien. Si je n'arrive pas à pêcher de merluche, je pêcherai une baleine, disait le père. Moby Dick, disait-il en riant. Il n'avait jamais lu le livre. Il s'était alors encore acheté une nouvelle sonde acoustique et un récepteur de navigation par satellite, le tout à crédit. Mais il n'avait pas repris la mer. Ensuite il avait commencé à boire. D'abord il était allé à l'*Elvekroa*. Puis quand l'argent n'y avait plus suffi, il avait acheté de la vodka de contrebande aux pêcheurs russes et l'avait bue à la maison. Parfois il enfilait son vieux costume de Saami. La mère lui avait suggéré de téléphoner à son oncle, Per-Nils, pour lui demander de l'aide. Je vais vous pêcher une baleine, avait répondu le père, avec ça on pourra vivre pendant deux ans. Une baleine. Et puis il était tombé malade.

Le train entra dans une gare, et tout à coup le compartiment fut éclairé comme en plein jour. Kathrine émergea de son demi-sommeil. Du quai opposé, quelques jeunes, des hommes uniquement, avec des cheveux coupés très courts, les aperçurent, et se mirent à beugler et à leur faire des signes avec leurs bouteilles de bière. Christian avait ouvert les yeux. Il parut effrayé, mais Kathrine remonta la couverture sur lui et lui dit, ne t'en fais pas, ce ne sont que des soldats. Lorsque le train s'ébranla à nouveau, Christian se leva, baissa le store et monta se coucher sur le lit du haut. Dortmund, dit-il.

Une demi-heure avant Kolding, Christian se leva. Son réveil de voyage sonna et réveilla Kathrine. Elle le regarda s'habiller. Une fois prêt, il alla se poster près de la fenêtre. Il restait là sans dire un mot.

« Nous n'avons rien fait de mal », dit-elle en souriant.

Il se retourna et la regarda. Dans ses yeux transparaissait une brutalité qui la surprit. Il semblait furieux contre elle, peut-être sa conscience le tourmentait-il, elle ne savait pas. Comme un enfant, pensa-t-elle, mais elle ne dit rien, et lui non plus ne dit rien. Le train ralentissait déjà quand Christian parla enfin. Il parla tout bas. Sa voix était douce comme toujours.

« Nous n'aurions pas dû faire ça, dit-il.

— Pourquoi ?

— Je ne sais pas. Ce n'était pas bien.

— Tu as pensé à ta petite amie ? »

Christian ne répondit pas.

« Je ne te réclame rien.

— Tout est tellement compliqué, dit-il. Ma petite amie... il faut que je lui parle, mais... J'ai toujours voulu que tout soit simple. Je n'ai jamais rien cherché de plus. Mais maintenant...

— Bienvenue sur terre », dit Kathrine.

Il lui dit qu'il lui enverrait un e-mail, et elle lui dit une fois encore qu'elle ne lui réclamait rien. Il l'embrassa sur les deux joues, et elle lui demanda – et peut-être était-ce une faute, mais il fallait tout simplement qu'elle lui demande – s'il l'aimait bien, un peu au moins. Oui, répondit-il, mais maintenant il faut que j'y aille. Je vais t'écrire. Bientôt.

Le train ne s'était arrêté que très peu de temps à Kolding, il avait continué sa route et atteint deux heures et demie plus tard sa destination, Copenhague. À peine avait-elle eu le temps de s'acheter un billet et un gobelet de café, qu'elle était de nouveau assise, cette fois dans le train de Stockholm. De là elle irait jusqu'à Narvik et prendrait l'express côtier, seulement cette fois sur son dernier tronçon. Elle n'avait plus beaucoup d'argent.

Lorsqu'elle arriva à Stockholm vers les quatre heures de l'après-midi, il faisait déjà nuit. Aux abords de la gare, elle dénicha un cybercafé. C'était une pièce nue faisant partie d'un centre associatif, et dans laquelle, sur de longues tables, étaient disposés quelques ordinateurs. La plupart des PC étaient occupés par des adolescents qui jouaient à des jeux en ligne. Armés jusqu'aux dents, ils avançaient dans un labyrinthe situé sous terre, et tiraient sur tout ce qui bougeait. Il faisait sombre. La lumière oscillante des écrans illuminait les visages concentrés, qui tressaillaient parfois de frayeur ou de rage.

Kathrine interrogea sa messagerie. Bientôt deux semaines qu'elle était en route, et il n'y avait presque rien dans sa boîte aux lettres. Un banal salut de Morten le jour de son départ. Avait-elle envie de venir à nouveau boire un café avec lui ? Quelques publicités. Christian ne s'était pas encore manifesté. Kathrine se demanda si elle devait lui écrire, puis laissa tomber. Elle se connecta au site du village, à la webcam. À raison d'une toutes les trente secondes, les images se constituaient, toujours selon le même cadrage, de l'hôtel de ville en passant par la place devant la poste, pour terminer sur la conserverie de poissons Nils H. Nilsen. À l'arrière-plan l'*Elvekroa*, et à gauche, collés contre la montagne, des maisons et des baraquements. À un moment quelqu'un sortit de l'*Elvekroa*, sur une image on put voir la tache lumineuse de la porte ouverte et une ombre brouillée, tout juste haute de quelques pixels. Kathrine regarda de plus près et vit bientôt d'autres ombres, difficiles à reconnaître, les habitants du village. Puis soudain elle vit des ombres partout, comme si le village entier s'était rassemblé sur la place pour lui faire signe, mais c'était une illusion, un scintillement, ou peut-être neigeait-il. La caméra n'était pas très sensible et la résolution de l'image beaucoup trop faible.

Kathrine lut les toutes dernières nouvelles du village. Des journalistes anglais en visite chez Nils H. Nilsen, des cours pour apprendre à coudre le cuir à la maison de la paroisse, succès de l'équipe junior de football à Vadsø.

Elle imagina Morten assis dans son bureau en train d'écrire les communiqués. Il s'était préparé un café avec sa bouilloire électrique, s'était demandé s'il irait ce soir à l'*Elvekroa*, avait épluché les programmes de télévision. Pendant l'heure du déjeuner il était allé faire ses courses, il les avait rapportées à la maison et, à deux heures, était revenu au bureau. Dans l'escalier de l'hôtel de ville était accrochée une carte en relief des régions arctiques avec, au centre, le pôle Nord.

Morten pensait-il à elle ? À nouveau quelqu'un de disparu, écrivait-il, un cas mystérieux. Une jeune femme, employée des douanes, que nous aimions tous, avec qui j'ai passé une nuit, a disparu sans laisser la moindre explication.

Qu'avait-elle espéré ? Peut-être Morten

n'avait-il pas du tout remarqué qu'elle avait disparu. Si petit soit le village, il arrivait qu'on ne se voie pas, parfois, pendant des semaines. Et Thomas ? Avait-il signalé sa disparition ? Lui manquait-elle ? Et lui, et sa mère, et Randy, lui manquaient-ils à elle ?

Si elle avait manqué à quelqu'un, si quelqu'un avait eu peur pour elle, il eût été facile de suivre sa trace. Vous ne me trouverez pas, avait-elle écrit sur le mot laissé à Thomas, mais l'express côtier avait très certainement une liste des passagers, ou bien on devait pouvoir interroger les stewards, les capitaines. Harald aurait pu la décrire. Elle avait aussi montré son passeport et, à Paris, retiré l'argent qui restait sur son compte. Elle avait lu des romans policiers, elle savait qu'un individu laisse des traces s'il n'opère pas avec un minimum de ruse, méthodiquement. Et elle n'avait pas opéré avec ruse. Elle avait su dès le début que personne n'irait à sa recherche. Elle était libre. Qui pouvait bien se soucier d'où elle se trouvait ? Vous ne me chercherez pas, pensa-t-elle, c'est ce que j'aurais dû écrire sur le mot laissé à Thomas.

Elle se connecta au chat, mais il y avait uniquement quelques givrés qui, sous de faux noms, échangeaient leurs perversions. Ils doivent se sentir pitoyables, assis là dans leurs salons, pensa Kathrine. Leurs femmes dorment à côté et eux, ils envoient leurs fantasmes immondes dans l'inconnu. Je n'aimerais pas les rencontrer la nuit au coin de la rue, pensa-t-elle, alors mieux vaut encore qu'ils mentent et donnent l'illusion d'être des personnes convenables.

Kathrine pensa à Randy, qui pendant tout un après-midi était devenu un chevreuil. Pour jouer. Elle repensa aux masques qu'elle avait portés enfant, et plus tard aux bals masqués de l'*Elvekroa*. Lorsque la sueur lui dégoulinait du front jusque dans les yeux, lorsque le champ du regard était rétréci par les minuscules entailles. Thomas avait un jour rapporté un masque de cochon à la maison, mais il ne l'avait jamais mis. Kathrine se l'imagina avec le masque de cochon. Elle scruta l'étroit interstice entre le visage et le masque, vit son sourire hésitant dans l'ombre du visage d'emprunt, vit ses pupilles inquiètes fureter de tous côtés. Elle le vit seul debout dans une pièce vivement éclairée. Elle l'observait de la pièce voisine, la porte était juste entrebâillée. Il était nu à part le masque, le torse un peu basculé vers l'arrière. Il émit quelques grognements, discrets d'abord puis de plus en plus sonores. Puis il se mit à quatre pattes et, rampant ainsi à travers la pièce, avec son groin aplati, alla renifler les radiateurs, les meubles, le tapis. Elle le vit sans masque. Il sortait de la salle de bains, éteignait la lumière, courait à tout petits pas jusqu'au lit et se glissait sous la couverture à côté d'elle. Elle repoussait la couverture. Je veux te voir. Et soudain Thomas était devenu une femme nue. Il bondit hors du lit et partit en courant. Il était une vieille femme, sa peau était ridée, ses cheveux blancs comme neige. Reste ici, lui avait-elle crié. Elle s'était levée. Thomas avait disparu. Toutes les portes de la maison étaient ouvertes, la porte d'entrée donnait sur un paysage couvert de neige. Mais ce n'était ni sa maison ni son village.

Kathrine sursauta. Une fenêtre s'était ouverte sur son écran.

« *You have got a personal message from harrypotter* », y était-il écrit, « deux grenouilles ont grand désir de vos seins, deux grenouilles ont grand désir de vos cuisses... »

Elle referma toutes les fenêtres, alla payer et sortit. Le train pour Narvik était parti depuis un quart d'heure.

Kathrine marcha dans les rues de Stockholm. Il pleuvait et il faisait froid. Serrés les uns contre les autres, debout devant la vitrine d'un magasin de télévisions, des gens regardaient un match de football. Kathrine but un café, mangea un hamburger. Elle n'était encore jamais allée dans un McDonald's. Le restaurant lui plut. Il était propre et bien éclairé, et toutes les surfaces étaient recouvertes de matière synthétique comme dans les chambres du foyer des pêcheurs. Faciles à nettoyer.

Dans le hall d'entrée du foyer des pêcheurs était accrochée une carte avec tous les relais de la mission le long de la côte norvégienne. Des maisons propres, claires, bien chauffées, où tout était lavable. Les chambres étaient toutes les mêmes. Le chauffage était électrique, les repas servis aux heures habituelles, et sans être bons, ils n'étaient pas mauvais non plus. Svanhild s'occupait de tout et souriait quand on lui demandait quelque chose. Elle portait une blouse blanche comme les ouvriers de la conserverie et avait toujours une lavette à la main. Quand, après le repas, elle s'approchait de la table pour demander si on s'était régalé, elle donnait un coup de lavette sur la table, et quand on allait la voir à la caisse et qu'on échangeait quelques mots avec elle, elle passait et repassait sa lavette sur le comptoir, sans regarder. Le plus souvent Svanhild ne disait rien et passait sa lavette. Sa lavette était son langage, sa façon de s'exprimer.

Au village on ne savait pas grand-chose de Svanhild. Elle était originaire du sud de la Suède, ça s'entendait, et il lui arrivait de raconter des histoires de là-bas, des histoires dans lesquelles jamais elle-même ne jouait aucun rôle. C'était comme si elle n'avait pas de vie personnelle, comme si elle n'en avait jamais eu. Elle était très affable et avait une voix superbe. Quand on l'en priait suffisamment longtemps, elle se mettait à chanter les mélancoliques complaintes de son pays et le silence se faisait dans la salle de restaurant.

Une fois seulement, Kathrine avait vu Svanhild se mettre en colère, lorsque quelques matelots avaient apporté de la bière dans le foyer. Svanhild leur avait tenu un sermon sur le diable alcool, et comme ils lui avaient ri au nez, elle les avait fichus à la porte.

Jamais elle ne s'était mariée. Parfois un matelot lui faisait une demande en mariage, indirecte ou ouverte, pour s'amuser ou parfois pas, et elle répondait alors par une blague, et tous éclataient de rire. Si le matelot rougissait et se mettait à bredouiller, elle posait sa main sur son bras et lui disait, il te faut une femme jeune, à qui tu fasses des enfants pour qu'elle soit occupée quand tu seras en mer.

Kathrine suivit un groupe d'adolescents rieurs et tapageurs dans un bar. La musique était forte et il faisait sombre. Kathrine s'assit au comptoir à côté d'une femme qui lui tournait le dos. Quand quelqu'un la regardait, elle répondait par un sourire. Mais personne ne lui adressait la parole. Tous les hommes qui lui plaisaient étaient avec des femmes ou en groupes avec d'autres hommes. Elle fuma une cigarette, but une bière. Ça riait autour d'elle. Les gens se connaissaient, bien sûr qu'ils se connaissaient, ils venaient souvent ici. Et bien sûr ils ne regardaient pas Kathrine, ou seulement brièvement, comme on jette un œil aux vitrines des boutiques après leur fermeture, avant de continuer son chemin. Rien ne serait différent si je n'étais pas ici, pensa Kathrine en souriant. Elle savait comment sourire pour avoir l'air indifférente. Il faut que je rentre, pensa-t-elle, je n'ai pas d'alternative.

Trouver un travail à Stockholm. Commencer une nouvelle vie, ce qu'on appelle une nouvelle vie. Oui, mais elle avait encore plus peur d'une nouvelle vie que de son ancienne. Chercher un emploi, un appartement. Et où habiterait-elle jusque-là ? Il n'y avait pas de foyer des pêcheurs ici. À l'Armée du Salut peut-être, ou dans un foyer pour jeunes femmes. Mais elle n'était plus une jeune femme. Elle s'était mariée deux fois, avait un mari et un enfant. Il fallait qu'elle rentre.

Quelqu'un lui tendit un joint. Elle n'avait jamais fumé de haschisch. Jamais pendant mon service, avait-elle toujours répondu. Mais maintenant elle n'était pas de service et elle était triste et aussi peut-être un peu curieuse. Elle aspira une bouffée et s'apprêtait à le faire circuler. Mais personne n'était assis à côté d'elle, alors elle tira dessus encore une fois et repassa le joint à la femme qui le lui avait tendu. La femme lui sourit et lui dit salut.

La musique dans le bar était magnifique. Elle avait quelque chose de cristallin et son rythme semblait coïncider avec les battements de son cœur, avec sa respiration, qui s'accélérait de plus en plus. Elle se força à respirer plus lentement et bientôt, eut la sensation de seulement expirer ou encore aspirer et expirer au même moment. Elle avait l'impression d'avoir quitté la pièce et de se promener dans un paysage, de se mouvoir au-dessus d'un paysage de sons. Lorsqu'elle fermait les yeux, elle voyait des formes colorées qui s'ouvraient vers le haut, comme de délicats éventails ou des fleurs. Les formes étaient jaunes, violettes, bordées de lignes noires. Elles ressemblaient aux douces croupes des collines. C'était beau et Kathrine se sentait bien. Elle ouvrit les yeux, et aperçut un long tunnel, un sombre conduit. Quelqu'un avait roulé le tapis avec tout ce qui se trouvait dessus. Des ouvriers l'avaient roulé puis descendu dans la rue. Au loin, elle aperçut des gens en train de bouger, de se lever. La musique n'est pas encore du tout finie, alors pourquoi ont-ils éteint la lumière, pensa-t-elle, et elle referma les yeux. Elle était enroulée dans le tapis et lentement le froid s'immisçait jusqu'à elle. Les couleurs avaient disparu. Il faisait sombre, et Kathrine frissonna.

« Où habites-tu ? » lui demanda un homme, juste à côté d'elle. La porte était grande ouverte.

« Nulle part », répondit-elle, « je suis en voyage. » Elle regarda sa montre. « J'ai un train à prendre. »

Elle se rendit à la gare. L'air frais lui remit de l'ordre dans les idées. Elle avait froid, mais était heureuse d'avoir froid.

Le train était déjà formé. Elle alla voir le contrôleur, loua une couchette et entra dans le compartiment. Elle espérait être seule. À nouveau une nuit dans une couchette, dans un train. Kathrine sortit dans le couloir et regarda dehors.

Elle était triste et fatiguée. Elle n'avait qu'une envie, retourner chez elle, dans son village. Retrouver son calme. Arrêter de penser. Elle avait tellement vu de choses ces deux dernières semaines, des choses qu'elle n'avait encore jamais vues, et pourtant elle avait l'impression de n'avoir rien vu. Que les gens eussent tous des visages différents, elle le savait déjà. Elle savait aussi que certaines maisons étaient plus grandes et plus belles que d'autres. Mille fois mille faisait un million, pour découvrir cela, il n'était tout de même pas nécessaire d'aller jusqu'à Paris.

Des hordes de gens avec des skis se pressaient sur le quai. Ils riaient et s'apostrophaient. Lorsque les premiers commencèrent à monter dans le wagon, Kathrine fila se réfugier dans son compartiment, ferma la porte et tira les rideaux. Elle entendit les skieurs passer dehors en faisant du raffut. Puis la porte s'ouvrit, et trois femmes entrèrent. Elles avaient chacune une canette de bière à la main. Elles riaient. Leurs tenues de ski sentaient l'antimite.

Les trois femmes partaient en vacances faire du ski à Narvik. Tout en buvant leurs bières, elles racontèrent qu'elles habitaient Stockholm, parlèrent de leurs maris ou de leurs petits amis qui, à les entendre, étaient tous des idiots. En apprenant que Kathrine venait du Finnmark, elles lui posèrent des questions sur Narvik et les hommes norvégiens. Elles voulaient savoir si à Narvik il y avait des bistrots sympa, des discothèques. Il y a un cinéma, et une bibliothèque, dit Kathrine, et les trois femmes la regardèrent d'un œil attendri, et ne s'adressèrent plus ensuite à elle que comme à un enfant, ou à un infirme. Elles demandèrent à Kathrine où elle habitait, quel était son travail, si elle avait un petit ami, un mari. Kathrine raconta qu'elle avait un enfant, un métier, et qu'elle avait été mariée deux fois, qu'elle était mariée pour la seconde fois. Les femmes devinrent alors plus amicales. Aucune des trois, Inger,

Johanna et Linn, n'avait d'enfant. Elles travaillaient dans le même cabinet d'avocats.

Les quatre femmes se déshabillèrent. Au début Kathrine fut gênée devant les autres, mais Johanna dit alors quelque chose de rigolo à propos du ventre d'Inger et toutes trois entreprirent de comparer leurs ventres et leurs cuisses et s'étonnèrent que Kathrine fût si mince et qu'elle n'ait gardé aucune trace de sa grossesse. C'était il y a si longtemps, dit Kathrine. Et elle se remuait beaucoup dans son travail.

« Tu pourrais te mettre plus en valeur, lui dit Linn, qui était allongée sur la couchette à côté de Kathrine.

— Mon mari s'en fiche, lui répondit-elle tout bas. Ça n'a aucune importance.

— C'est toi qui le dis. En plus c'est pour soi qu'on le fait.

— Je ne veux pas me mettre en valeur », dit Kathrine.

Johanna, qui était au-dessus d'elles, leur dit qu'elles devaient se taire, qu'elle voulait dormir, pour être en forme pour les hommes norvégiens.

« Pour une fois que tu n'es pas enquiquinée par ton Eirik, le taureau de Luleå, dit Inger en riant.

— Par ses ronflements, dit Johanna en imitant Eirik en train de ronfler. Je vous jure que c'est vrai, dit-elle alors, je tombe de sommeil.

— Ah, ces filles », dit Inger.

Linn s'était levée.

« Pousse-toi », dit-elle tout bas, « tu n'as pas envie de dormir ? »

Kathrine se poussa vers le mur et Linn se glissa près d'elle sous la couverture. Kathrine ne s'était jamais retrouvée dans un lit à côté d'une femme. Elle n'avait jamais eu beaucoup d'amies, et le village était si petit qu'il n'y avait vraiment aucune raison de rester à dormir chez quelqu'un. On allait en visite, on recevait des visites, on restait jusqu'à point d'heure, mais ensuite on rentrait à la maison.

Kathrine était couchée sur le côté et Linn lui faisait face. Elles avaient toutes deux la tête calée dans leur paume. Leurs visages étaient très proches et Kathrine baissait les yeux et tripotait l'oreiller avec sa main.

« Tu t'es enfuie ? chuchota Linn, tellement bas que seule Kathrine pouvait l'entendre.

— Mon mari me mentait, répondit Kathrine. Tout ce qu'il me racontait était inventé.

— C'est ce qu'ils font tous, dit Linn. On

ne sait jamais vraiment à quoi s'en tenir. Le mieux serait de ne rien se raconter du tout.

— Je l'ai suivi. Il m'avait dit qu'il allait faire son jogging. Et en fait il était simplement assis devant la table de la cabane.

— Et alors tu as tout simplement fichu le camp ?

— Il mentait pour tout. Rien ne concordait.

— Et il en avait une autre ? »

Kathrine dit qu'elle l'avait cru au début. Mais que finalement non, elle était presque sûre qu'il lui était fidèle. Elle dit aussi qu'elle aurait mieux accepté ça.

« Et toi, tu as... ? » lui demanda Linn.

Kathrine dit que son bras lui faisait mal. Elle se tourna vers le mur et posa sa tête sur l'oreiller. Linn posa sa tête près de celle de Kathrine et sa main sur son épaule.

« Tes cheveux sentent bon », lui chuchota-t-elle. « Tu utilises un conditionneur ?

— Du savon de Marseille, répondit Kathrine avec un rire bref. Une fois, j'ai... avec un autre... deux fois. On ne couchait plus ensemble. Depuis des mois. Thomas et moi. Et puis j'ai rencontré cet ancien petit ami...

— Tu n'as pas à t'excuser, lui dit Linn.

— Cette humiliation, dit Kathrine, qu'il ne veuille plus…

— Tu pleures ?

— Ça va. »

Linn lui dit que son petit ami voulait sans arrêt coucher avec elle. Au début ça lui avait plu, mais maintenant ça l'ennuyait.

« Il fait toujours la même chose. Il doit avoir trois programmes. Après dix secondes, je connais la suite. Et lorsqu'il m'arrive de ne pas avoir envie, ou d'avoir mal à la tête, réellement mal à la tête, il dit tout de suite que j'ai un problème et que je devrais en parler à un spécialiste. La seule chose de bien, c'est que ça ne dure pas longtemps.

— Tu l'aimes ?

— Les hommes aiment. Les femmes se laissent aimer. »

Linn rit tout bas et demanda à Kathrine comment était son mari, à part ça. Kathrine dit qu'elle ne savait pas, que tout ce qu'il lui avait raconté n'était que des mensonges.

« Mais toi tu sais quand même bien comment il est. Je veux dire ce qu'il fait, ce qu'il dit, s'il t'aide à la maison, comment il te traite quand ses copains viennent vous voir. Tout ça. Il était tout le temps là, non ? »

Kathrine réfléchit. Puis elle dit que

Thomas n'était pas un mauvais mari. Il avait des objectifs, il savait ce qu'il voulait, et il était gentil avec son enfant bien qu'il n'en fût pas le père.

« Il lui rapporte des cadeaux, et à moi aussi.

— Qu'est-ce que tu veux de plus ? Et si par-dessus le marché tu as ton ancien petit ami de temps en temps...

— Je voudrais un mari que j'aime, dit Kathrine. Je voudrais aimer mon mari.

— Et maintenant, tu vas retourner avec lui ?

— Je ne sais pas. Pourquoi n'a-t-il fait que me mentir ? »

Kathrine sanglotait en silence. Linn l'attira vers elle et lui caressa la tête, comme Kathrine faisait avec l'enfant lorsqu'il n'arrivait pas à dormir la nuit et venait se glisser sous la couverture entre elle et Thomas.

« J'aimerais bien avoir un enfant, lui dit Linn. C'est comment, avoir un enfant ?

— Je ne sais pas. Il va déjà à l'école.

— Pourquoi ne restes-tu pas avec nous à Narvik ? » Linn secoua Kathrine doucement comme si elle voulait lui montrer quelque chose. « Ça serait rigolo. On a retenu deux chambres doubles.

— Je n'ai plus beaucoup d'argent. »

Il y eut un long moment de silence. Puis Linn dit qu'elle avait envie d'inviter Kathrine. L'hôtel n'était pas cher, elle gagnait bien sa vie, et ça lui ferait vraiment plaisir, ce serait un vrai cadeau, parce qu'elle se sentait de toute façon la cinquième roue du carrosse. Johanna et Inger se connaissaient depuis bien plus longtemps qu'elle ne les connaissait, elles avaient même fait leurs études ensemble, et puis elles étaient plus âgées, et faisaient du ski alpin, tandis qu'elle, Linn, faisait du ski de fond. Kathrine était sûrement experte en ski de fond, elle pourrait lui donner des cours et leur servir d'interprète, et tout leur montrer à Narvik, sauf bien sûr la bibliothèque.

Linn avait parlé si longtemps que Kathrine s'apprêtait à lui dire à nouveau non, quand finalement Linn lui dit, je t'aime bien, et Kathrine lui répondit, moi aussi, oui et mille merci.

« Tu n'as pas à me dire merci », lui dit Linn en secouant une nouvelle fois l'épaule de Kathrine, puis elle se glissa hors du lit et retourna à sa place.

Le jour suivant, vers midi, elles durent changer de train, puis elles passèrent la frontière norvégienne. Elles traversaient des vallées enneigées. Inger regardait tout le temps par la fenêtre parce qu'elle espérait apercevoir des rennes, et Johanna posait à Kathrine des questions sur la Norvège auxquelles elle était incapable de répondre.

L'hôtel était situé bien au-dessus de la gare mais juste à côté du téléski. La femme à la réception était rondelette, avec des joues rouges, et portait un costume traditionnel vert qui fit rire Inger et Johanna tout le long du chemin jusqu'aux chambres. Linn et Kathrine se partagèrent une chambre. De la fenêtre on pouvait voir le fjord et les installations toutes noires du port, d'où était embarqué le minerai de fer en provenance de Kiruna.

Le jour suivant, Kathrine loua une paire de skis de fond et partit avec Linn sur les pistes. En début d'après-midi, la nuit étant tombée, la montagne avec les pistes éclairées prit des airs de sapin de Noël. Les lumières se reflétaient dans les eaux du fjord.

« Comme la nuit est belle, dit Linn.

— Peut-être, dit Kathrine. Viens, on rentre. »

Au sauna elles retrouvèrent Johanna et Inger.

« Pas d'hommes, pas un seul », dit Johanna, mais Kathrine était contente qu'elles soient seules. Après le sauna, elles se reposèrent puis allèrent dans un Steakhouse. Là se trouvaient enfin des hommes, un groupe de Français debout au bar qui s'étaient retournés vers les quatre femmes quand elles étaient entrées, et ne les quittaient plus des yeux. Lorsque Inger était allée aux toilettes, l'un des Français s'était mis à discuter avec elle et on les entendait rire ensemble. Mais en revenant à la table elle dit simplement : « Quel con. »

Les trois Suédoises n'avaient encore jamais mangé de viande de renne. Kathrine leur dit qu'elles devaient absolument y goûter. Au moins pour qu'Inger voie enfin un renne. Inger et Johanna commandèrent un hamburger mais goûtèrent dans les assiettes de Linn et de Kathrine, et reconnurent que la viande avait bon goût avec la sauce aux airelles.

Ensuite elles allèrent au cinéma, il y passait un film de science-fiction qui n'intéressait aucune d'elles. Mais que pouvaient-elles faire d'autre ?

« La bibliothèque est sûrement déjà fermée », dit Johanna en s'esclaffant.

Les quatre femmes traversèrent les rues obscures de Narvik. Sur les trottoirs, la neige avait fondu puis gelé à nouveau, et à nouveau fondu et regelé, constituant une couche de glace de plusieurs centimètres. Du gravier avait été jeté dessus, mais les quatre femmes n'arrêtaient pas de glisser et se cramponnaient les unes aux autres comme les gens qui ont trop bu. Elles avaient d'ailleurs elles aussi un peu trop bu. Elles montèrent le petit raidillon qui menait à l'hôtel.

« Il n'y a pas d'hommes », dit Johanna. « La Norvège est aussi merdique que la Suède. »

Johanna et Inger rentrèrent immédiatement tandis que Linn et Kathrine restaient encore dehors, le temps d'une cigarette.

« Elle ne pense pas vraiment ce qu'elle dit, dit Linn.

— Qu'est-ce qu'elle veut dire alors ?

— Son petit ami est un vrai salaud. Il saute sur tout ce qui bouge. Avec moi il a déjà essayé. Et Inger... avec Inger...

— Johanna sait... ?

— Oui. Tu devrais te réjouir du tien.

— Je pense que j'aurais pu tout lui pardonner. Mais on n'en est plus là depuis longtemps. »

— Dans notre profession ça s'appelle le bénéfice du doute.

— Mais je n'ai aucun doute, dit Kathrine

en envoyant d'une pichenette son mégot dans la rue. J'ai toujours simplement pensé que je n'avais pas le choix. Et quand je me suis retrouvée avec Morten...

— Dans le fond, ça n'a aucune importance ce que quelqu'un raconte, dit Linn. Le principal c'est de passer un bon moment ensemble.

— Je me suis aperçue qu'il ne me plaisait pas, dit Kathrine. Il ne m'a jamais plu, même au début, dit-elle. C'est bizarre. Je pense que je l'ai aimé, que j'ai été amoureuse de lui. Ou bien ça y ressemblait. Je voulais vivre avec lui. Mais en fait jamais il ne m'a plu. »

Thomas ne pourrait jamais devenir l'ami de Kathrine, tout comme Helge n'était jamais devenu son ami. Tous deux ne lui avaient jamais réellement plu, et c'était peut-être la raison pour laquelle elle en avait fait des amoureux, puis, plutôt par hasard, des maris. Helge était quelqu'un de sauvage, d'excitant, parce qu'il n'agissait jamais comme on s'y attendait. Mais Kathrine s'était vite aperçue qu'au moment crucial il se dérobait, baissait pavillon. Elle le lui avait dit. Quand il y va de ton intérêt, tu baisses pavillon. Et Thomas ? Thomas avait représenté pour elle la possibilité de commencer une nouvelle vie. De ne plus avoir à travailler, d'avoir assez d'argent pour voyager. Kathrine pensa à la grande maison, à ses pièces nombreuses et coquettes, au jardin. Elle pensa à ces après-midi, quand elle y allait en visite et s'asseyait pour lire dans le jardin. La mère de Thomas venait la voir, apportait de la limonade et des gâteaux faits maison. Elle s'asseyait près d'elle et continuait à broder ses versets de la Bible, dont un déjà était accroché dans chaque pièce. J'habiterai dans la maison de l'Éternel jusqu'à la fin de mes jours. Le père de Thomas, qui pour chaque occasion connaissait le passage adéquat, choisissait les versets et la mère de Thomas les brodait.

« Il a choisi celui-ci pour vous », avait-elle dit en souriant. « Nous l'accrocherons à la porte d'entrée de votre appartement. Est-ce que les couleurs te plaisent ? »

Kathrine passa trois jours à l'hôtel avec Johanna, Inger et Linn. Elle prit beaucoup de photos. Pendant la journé toutes quatre faisaient du ski et le soir elles sortaient dîner. Une fois, elles allèrent danser, il y eut même des hommes, et elles passèrent une soirée très drôle ensemble, mais rien de plus. Un jour,

Kathrine décida de se rendre à la bibliothèque pour relever ses e-mails.

Morten avait écrit. Il espérait que Kathrine reviendrait bientôt, il s'ennuyait d'elle. Il souhaitait qu'elle lui écrive d'où qu'elle soit.

Il n'a pas l'air très affligé, pensa-t-elle, mais elle ne lui en voulut pas et lui répondit brièvement qu'elle était à Narvik, qu'elle allait bien et qu'elle revenait bientôt.

Pendant ce temps, les trois autres avaient jeté un œil sur la bibliothèque. Johanna prétendit qu'il y avait ici plus de livres que de gens capables de les lire. Ce n'est pas parce que nous vivons ici là-haut que nous sommes des imbéciles, dit Kathrine. Inger lui raconta qu'elle avait lu dans un rapport que, pendant la longue période d'obscurité, l'activité cérébrale des gens du Nord était ralentie.

« Ils sont comme les marmottes, dit Johanna. L'été ils se font des réserves de graisse, et l'hiver ils restent à la maison, regardent la télévision et ont des rapports incestueux.

— Il y en a un qui t'a envoyée paître ? lui demanda Linn.

— Il n'y en a pas, dit Johanna. Je ne me laisserais pas éconduire par ces gueules de poissons.

— Est-ce que je suis une gueule de poisson ? lui demanda Kathrine.

— Je ne vois rien, répondit Johanna, mais ça peut encore venir. »

Ce soir-là elles allèrent toutes quatre dans une discothèque, et Johanna fut à nouveau agressive. Kathrine avait dansé avec un homme, assez longtemps et assez serrée. Et lorsqu'elle revint à la table où étaient assises les trois autres, Inger prétendit que les Norvégiens étaient racistes parce qu'ils n'invitaient aucune Suédoise à danser.

« Avachies comme vous l'êtes, ça ne viendrait à l'idée de personne que vous avez envie de danser », dit Kathrine.

« Kathrine s'amuse mieux que nous », dit Johanna. « L'homme heureux n'a pas de chemise. »

Kathrine se leva et sortit. Linn arriva quelques minutes après elle à l'hôtel. Kathrine était assise sur son lit et pleurait. Linn vint s'asseoir à côté d'elle et entoura ses épaules avec son bras.

« Johanna ne le pensait pas vraiment », dit Linn, plus tard, quand elles furent couchées. Elles avaient éteint la lumière et parlaient encore un peu, comme les nuits précédentes.

« Je suis différente de vous, dit Kathrine.

— Des autres, oui, mais pas de moi.

— Je ne suis pas plus bête qu'elle. Et le fait que je n'aie pas d'argent... je rentre chez moi.

— Chez ton mari ?

— Retrouver mes amis, ma mère, mon enfant. Je retourne dans mon village.

— Johanna n'a pas la vie facile avec son petit ami, dit Linn. C'est un avocat brillant et il lui met la pression. Il voudrait qu'elle fasse carrière. Mais elle n'est pas aussi douée que lui. Et en tant que femme... De nous trois, Inger est la meilleure avocate. Je ne sais pas à quoi ça tient. À moi, ça m'est égal. Mais pas à Johanna. »

Kathrine répéta une fois encore qu'elle allait partir le lendemain et fut un peu déçue que Linn n'essaie pas de la retenir. C'était peut-être la meilleure chose, se contenta-t-elle de dire, dommage, mais c'était à Kathrine de décider ce qu'elle devait faire.

« Oui, dit Kathrine, et tout de suite après : Non.

— Si tu veux, tu peux rester encore un jour », dit Linn. Elle s'était levée et était venue s'asseoir au bord du lit de Kathrine. « Je te l'offre volontiers.

— Demain arrive le *Polarlys*, dit Kathrine.

Je connais le capitaine. J'aimerais bien faire la route avec lui.

— As-tu besoin d'argent ? Dis-le simplement. Tu n'as pas besoin de me le rendre.

— Non. Il me reste juste de quoi.

— On restera amies ?

— Si tu veux.

— Oui, dit Linn en embrassant Kathrine. Je t'aime bien. »

Kathrine devait partir tôt. Linn fut réveillée par la sonnerie du réveil. Elle ne se leva pas mais, sans se rendormir, elle regarda Kathrine faire sa valise. Puis elles s'embrassèrent et Kathrine s'en alla. Elle prit l'un des premiers bus pour Harstad, d'où l'express côtier levait l'ancre à huit heures et quart. Sur le *Polarlys*, elle demanda des nouvelles de Harald. Il dormait encore. Pendant qu'elle prenait son petit déjeuner, il entra dans la salle à manger. Il s'était rasé la barbe. Il arriva au pas de course à la table de Kathrine, elle se leva, et ils tombèrent dans les bras l'un de l'autre, comme de vieux amis.

Ils burent un café ensemble et Kathrine lui raconta ses aventures. Harald lui dit qu'il avait fait part de sa visite à sa femme. Elle avait d'abord été furieuse puis finalement elle l'avait cru, et maintenant tout allait à nouveau bien, peut-être même mieux qu'avant.

« Nous avons parlé ensemble. C'est déjà ça. »

Harald était de service et dut se rendre à la passerelle. Kathrine alla arrimer sa valise et monta le rejoindre.

« Tu as un garçon ou une fille ? lui demanda Harald. Quel âge a ton enfant ? Et comment s'appelle-t-il ?

— C'est un garçon. Il aura huit ans dans... dans deux semaines.

— Comment s'appelle-t-il ?

— Randy.

— Parle-moi de lui. »

Kathrine dit qu'elle n'en avait pas envie. Elle dit aussi que Randy n'était pas attaché à elle, ni elle à lui. C'était comme ça depuis le début, pensait-elle. Elle était terriblement fatiguée après l'accouchement, une césarienne, déprimée aussi, et sa mère avait été tout le temps là, l'avait soignée, lui avait parlé. Pendant qu'elle allaitait, Kathrine avait eu très mal, un abcès au sein, et Helge n'avait été d'aucun secours, en plus il avait tellement injurié sa mère que finalement elle n'était plus venue. L'enfant était alors devenu une vraie charge. Randy. Elle n'aimait pas non plus son prénom. Une idée de Helge, en hommage à un quelconque musicien qu'il admirait. Ça n'avait pas été une époque heureuse.

« Parle-moi de lui, répéta Harald.

— Il sera un jour comme son père, dit Kathrine. Je l'ai surpris en train de torturer un chien.

— Tous les enfants le font.

— Non, dit Kathrine, tous les enfants ne le font pas.

— Il n'est pas responsable de son père. C'est toi qui l'as choisi.

— Et alors. N'empêche qu'il est comme Helge.

— Peut-être vit-il la même enfance que celle que Helge a vécue.

— Tu as étudié la psychologie ?

— Ma femme est comme toi. C'est pour ça que tu m'as tout de suite plu. Mais...

— Mais ?

— Ce qui est bon pour un homme n'est pas forcément bon pour un enfant.

— Tu ne peux pas savoir ce que c'est d'élever un enfant. Tu n'es jamais à la maison.

— Tu n'as qu'à pas m'écouter, dit Harald en se tournant. On n'est pas obligé de se parler. Regarde par la fenêtre. Tu apercevras peut-être un phoque. »

Ils se turent un long moment. Finalement Harald dit : « Pourquoi alors l'as-tu épousé, s'il était aussi horrible ?

— On était bien ensemble. Tant qu'il ne buvait pas. Et puis l'enfant est venu.

— Ça ne vient pas comme ça, tout seul.

— J'ai couché avec lui. Je ne voulais pas être seule et j'avais bu. Ça te suffit ?

— Et même s'il est comme son père. Donne-lui au moins une chance. Ça sera suffisamment difficile pour lui, là-haut, chez vous.

— Randy, dit Kathrine. Mon fils Randy.

— Qu'est-ce qu'il a fait avec le chien ? » demanda Harald.

Au cours de la nuit où ils devaient arriver à Hammerfest, il y eut une tempête. Pendant le dîner, le chef steward était passé de table en table et avait averti les rares passagers qu'à partir de vingt-deux heures trente il allait y avoir quelques heures de forte houle, mais que ça ne présentait aucun danger. Le capitaine vous présente ses excuses, dit-il. Le capitaine n'y peut rien, lui dit Kathrine. Non, mais on nous fait chaque fois des réclamations quand il y a de la tempête, lui répondit le steward, je ne comprends pas ça non plus.

La tempête commença réellement, à un quart d'heure près, à l'heure annoncée. Kathrine en était baba, mais le steward lui expliqua que ce n'était pas une question d'heure mais d'endroit. Nous sommes entrés dans la tempête et nous allons en ressortir.

Les uns après les autres, les touristes avaient disparu dans leurs cabines. Le pont inférieur était interdit, mais les portes conduisant au pont supérieur étaient restées ouvertes, et Kathrine sortit prendre l'air. Elle s'assit sur une chaise oubliée là, et qui glissait sur le pont au gré du roulis.

On ne voyait plus que ce qui se trouvait dans le champ des projecteurs. Un petit cercle de lumière, le pont, la passerelle, la pluie battante, les embruns qui voltigeaient dans l'air qui n'était pas froid. La mer montait et descendait avec une amplitude considérable, mais on l'entendait à peine, contrairement au vent et aux moteurs Diesel qui faisaient vibrer le bateau tout entier.

Quelque part, là, dehors, se trouvaient l'équipage d'Alexander et les autres pêcheurs. Et Alexander ? Il était mort, noyé, il n'était pas revenu. Si maintenant je tombais à l'eau, pensa Kathrine, peut-être qu'un chalutier me repêcherait. Ils me sortiraient de l'eau avec un tas de poissons, peut-être ne s'en apercevraient-ils pas avant d'avoir regagné le port. La mer était tellement forte que quand on tombait dedans, on coulait sûrement tout de suite au fond. Personne n'avait jamais été ressorti. Beaucoup s'étaient noyés mais on n'avait jamais retrouvé personne.

Kathrine s'approcha du bastingage. Lorsque le bateau s'inclinait, elle voyait au-dessous d'elle la mer écumante. Là ça aurait été facile.

Sous les vagues la mer est complètement calme, Christian le lui avait raconté un jour. Il était allé faire de la plongée en Espagne, ou au Portugal. Tu peux nager sous les vagues, lui avait-il dit, il n'y a qu'à proximité de la surface que tu les sens bouger. En dessous c'est calme et silencieux. Les bruits semblent à la fois proches et lointains sous l'eau. Faibles, mais clairs comme du cristal, avait dit Christian. Kathrine en avait fait l'expérience à la piscine couverte de Tromsø. C'était là qu'elle avait appris à nager, à l'école des douanes, elle n'était d'ailleurs pas très douée.

Elle pensa aux poissons qui sillonnaient les eaux calmes et ténébreuses des profondeurs et qui soudain étaient ramenés par le filet à la surface, en pleine tempête. Des milliers de poissons qui grouillaient et étaient hissés dans le filet sur le pont, puis, tel un immense essaim, déversés dans la soute où ils frétillaient encore, puis suffoquaient, ou étaient achevés par les pêcheurs. Kathrine repensa aux thons de Boulogne et à leurs têtes de vieillards, si graves. On aurait presque dit des visages humains. Elle pensa à la façon dont se noie quelqu'un fauché par une vague. Tente-t-il encore de nager ? Elle pensa à ce court moment où il sombre, mais n'a pas encore suffoqué. Lorsqu'il ne lutte plus pour respirer, ne frappe plus autour de lui avec ses bras. Cet instant où il a abandonné, mais fait encore quelques brasses, pas vers le haut, cela n'a plus de sens et il le sait. Quelques brasses. Et ce calme, ce silence sous l'eau. Comme ce dernier instant devait être heureux !

Le bateau fut soulevé par une vague et Kathrine dut se retenir au bastingage pour ne pas tomber en arrière. La mer était maintenant loin au-dessous d'elle, elle aperçut la coque luisante du bateau, et l'eau qui ruisselait tout le long. Avant que le bateau ne s'incline à nouveau, elle lâcha le bastingage et franchit en courant les quelques pas qui la séparaient de la porte, puis entra dans le petit vestibule.

Kathrine regarda par la fenêtre. La tempête

n'était presque plus audible, elle semblait être très loin. Elle passa sa main sur la vitre froide, sur le relief qu'avaient formé sur le mur les couches de laques successives, sur la rampe couleur bronze. Elle se sentit soudain très faible, s'assit par terre, et s'adossa au mur. Longtemps elle ne pensa à rien, s'efforça de ne penser à rien. Avec ses mains elle effleura la moquette, d'un mouvement lent, circulaire. Elle pensa, il ne peut rien m'arriver de mal, ici je suis en sécurité. Je suis en train de rentrer à la maison.

Finalement elle se leva et, titubant, parcourut les coursives interminables, puis descendit l'escalier qui menait au pont sur lequel se trouvait sa cabine. Les cabines les moins chères se trouvaient sous la ligne de flottaison. Elle entendait les sourdes trépidations des moteurs qui, de toutes leurs forces, se frayaient un chemin dans les vagues. L'espace d'un instant, Kathrine pensa à l'abîme au-dessous d'elle, à l'immensité de la mer, à la mort, dont seule la mince carcasse du bateau la séparait, mais qui ne lui faisait plus peur du tout. Elle pensa au nombre de fois où le *Polarlys* avait déjà fait ce trajet, au nombre de tempêtes effroyables qu'il avait dû essuyer. C'était une question d'endroit, pas une question d'heure. Elle avait eu peur lorsqu'elle était allée en avion à Tromsø avec Thomas et Randy. Elle était allongée sur sa couchette, le bateau tanguait. Puis, aussi soudainement que la tempête avait commencé, elle cessa. Le jour suivant, le bateau avançait sur une mer d'huile.

« Tu as peur ? lui demanda Harald. Tu es tellement silencieuse.

— Tout est de ma faute, dit Kathrine. J'ai trompé Thomas. Lui m'était fidèle. Je lui ai menti.

— Tu ne lui as pas tout dit, dit Harald, et tu avais toutes les raisons de coucher avec un autre homme.

— De faire l'amour », rectifia Kathrine.

Elle regarda l'écran du radar sur lequel l'ombre verte de la ligne figurant la côte défilait lentement.

« Il ne faut pas avoir l'esprit trop étroit pour ce qui est des mensonges, dit Harald. On ment tous plus ou moins. Que se serait-il passé si tu ne les avais jamais découverts ?

— Oui, mais je les ai découverts.

— Tu aurais été l'heureuse épouse d'un homme brillant et fortuné, tu aurais habité une jolie maison. Tu t'imagines ?

— Tu veux dire que je dois retourner avec lui et faire comme si tout était vrai ?

— Parlez-en, et puis oublie tout ça. Il n'est pas différent d'avant.

— Si j'arrivais à comprendre. S'il y avait une raison. Mais comme ça...

— Que sommes-nous finalement sans nos mensonges ? dit Harald.

— C'était effrayant. Si tu l'avais vu assis à cette table.

— Tu dois toujours absolument tout savoir, pas vrai ? Surtout pas de secrets. Que crois-tu qu'on verrait si on coupait un homme en morceaux ? »

Kathrine regarda Harald et hocha la tête.

« Les mensonges ne sont pas des secrets. »

Kathrine était assise sur le pont panoramique. La pièce était presque obscure. Le plafond imitait un ciel étoilé et était truffé de centaines de petites lampes. Kathrine pensa au soir où elle avait menti à Thomas. Combien ça lui avait été facile. Elle avait déjà menti à Helge. Elle avait menti à ses parents et à ses professeurs. Elle mentait chaque jour, à chaque seconde. Ça ne lui était pas difficile. Quand son chef lui demandait comment s'était passé son week-end, quand sa mère lui demandait comment son enfant travaillait à l'école. Même à elle, elle se mentait. Quand elle se persuadait qu'elle était la meilleure des épouses pour Thomas, la meilleure des mères pour l'enfant, qu'ils formaient la plus heureuse des familles. Que Randy n'avait pas besoin de tant d'attention, qu'il préférait être dans son coin, ou avec ses copains. Que ses yeux, ça n'était pas si grave, et que ça s'arrangerait avec le temps. Quand elle se persuadait que tout irait mieux, en sachant pourtant que rien n'allait bien.

En fait, avec ses jeux de cache-cache, Thomas, comparé à elle, était un bien piètre menteur. Comme il avait dû se sentir seul pendant tous ces mois. Assis à sa table dans la cabane de ses parents, à regarder sa montre, sans pouvoir revenir à la maison. Terriblement seul. Et elle ne l'avait pas compris, elle l'avait abandonné à sa solitude. Elle n'avait pas été la meilleure des épouses pour lui.

Le *Polarlys* était entré dans le fjord, les lumières du village étaient apparues, de plus en plus intenses. La mer était parfaitement calme. Elle était plus chaude que l'air, et des filets de brume se formaient sur l'eau, s'élevaient puis se dissipaient. Le bateau ralentit et se mit à vibrer de partout. Les petites tables en verre du pont panoramique cliquetaient doucement, comme des clochettes de cristal.

Kathrine alla sur la passerelle dire au revoir à Harald. Il lui demanda où elle irait passer la nuit. Elle répondit qu'elle ne savait pas où étaient ses affaires.

« Tu ne peux pas débarquer à une heure et demie du matin sans savoir où loger.

— Je trouverai bien quelque chose. Ce sont tous mes amis qui sont là. Il y a sûrement encore quelqu'un à l'*Elvekroa*.

— Viens me voir à Bergen », dit Harald.

Lorsque Kathrine quitta le bateau, elle leva une fois encore les yeux vers la passerelle, et fit un signe, mais elle n'aperçut personne derrière les vitres sombres. Bonne chance, lui avait dit Harald. Elle avait oublié de lui demander pourquoi il s'était rasé la barbe.

Kathrine se retrouva seule à l'embarcadère. Il neigeait légèrement. Elle n'avait plus d'argent pour prendre un taxi et elle longea les docks jusqu'au village. Il y avait de la lumière aux fenêtres des maisons. Kathrine passa devant le nouvel hôtel, devant le magasin de meubles, le magasin d'électronique pour les bateaux. Elle passa devant le poste de police, devant la maison de retraite, la mairie. Devant la poste, sur la place, elle resta un moment immobile. Elle regarda vers la mairie et pensa, si maintenant quelque part dans le monde quelqu'un est en train de consulter la webcam du village, il me voit ici debout. Elle fit un signe. Mais personne n'aurait pu voir son signe, elle n'était qu'une toute petite tache, haute de trois ou quatre pixels.

La porte de l'*Elvekroa* s'ouvrit et Kathrine

entendit chanter et rire. Lorsqu'elle passa devant le café, elle aperçut Helge debout dans la rue. Il vacillait légèrement et s'affairait autour de sa Harley. Kathrine s'arrêta, il se retourna et la regarda médusé. Salut, comment tu vas, dit-elle. Helge se mit à rire. Tu n'es pas restée plus longtemps avec lui qu'avec moi, dit-il, cette femme n'a aucune patience. Tu es une mauvaise épouse, mais tu es une sacrée femme. Ah, on en a passé de bons moments ensemble. Il se détourna et s'assit sur sa moto sans mettre le moteur en marche. Belle de nuit, dit Kathrine tout bas, puis rajouta plus fort, fais attention, tu ne devrais pas conduire quand tu es saoul. Helge étouffa un rire, mais ne dit plus rien, et elle continua son chemin. Lorsqu'elle arriva à la maison de sa mère, elle entendit la moto d'Helge pétarader. Elle avait une clé et sa mère un sommeil de plomb.

La maison exhalait une odeur bizarrement familière et cependant étrangère. Kathrine posa sa valise dans l'entrée et se rendit dans la chambre d'enfant. Son ancienne chambre, celle de Randy, maintenant, quand il était là. Il était là. Dans le lit, et il dormait. Elle le regarda un moment, puis alla s'asseoir sur la petite chaise d'enfant qui jadis avait été la sienne. La chambre lui parut minuscule, tout était minuscule, le lit, la chaise, la table, qui à une époque avaient été rouges et qu'elle avait un beau jour repeints en bleu ciel. À plusieurs endroits le rouge réapparaissait et, à d'autres, la grisaille du bois. Sur la table se trouvaient des pots de yaourt sur lesquels des restes d'étoffe et de fourrure avaient été collés, et qui pour Randy ou sa maîtresse avaient sûrement une quelconque signification. Des personnes, des animaux, des maisons, pensa Kathrine, ils s'étaient certainement imaginé quelque chose en faisant ça.

Les volets étaient fermés, seule la veilleuse rougeoyait dans la prise de courant, un point rose. Depuis tout petit, Randy avait toujours eu peur de l'obscurité.

Dans la lumière rose, son visage apparaissait étonnamment figé. Et s'il était mort, pensa Kathrine. Mais sa poitrine s'élevait et s'abaissait doucement. Kathrine n'y avait jamais réfléchi, mais elle pensa soudain, je ne veux pas qu'il arrive quoi que ce soit à Randy.

Kathrine dormit sur le canapé du salon. Sa mère ne la réveilla pas le matin. Lorsqu'elle ouvrit les yeux, il était neuf heures, Randy était à l'école, et sa mère avait fait les courses et préparé du café. Elle lui dit, alors la roupilleuse, tu tires ta flemme. C'était ce qu'elle avait toujours dit lorsque Kathrine ne voulait pas se lever. Elle dit, un café le matin chasse soucis et chagrins. Elle dit, il paraît qu'il va encore neiger. Et où étais-tu donc pendant tout ce temps ?

« Ça m'a paru bien plus long », dit Kathrine. « Ce n'était en fait que trois semaines. »

Elle raconta qu'elle avait fait un voyage dans le Sud. Et que Thomas lui avait menti. La lettre était une vengeance de sa famille. Alors ce n'est pas vrai ? Non, ce n'est pas vrai.

« Tu as toujours été une enfant loyale.

— J'ai passé une nuit avec Morten. »

Ça, ce n'était pas bien, dit sa mère. Thomas n'a plus... Ça, sa mère ne voulait pas le savoir. Il n'a plus couché avec moi. Un mariage c'est un mariage. Alors Kathrine aurait mieux fait de rester avec Helge ? Fais ce qui te semble le mieux. Je n'ai pas l'intention de me mêler de ta vie. Merci bien.

Mais ce n'était pas une dispute. La mère de Kathrine n'était pas du genre à se disputer. Elle alla jusqu'à la porte, lui dit, ma fille, ma fille, tu nous en fais voir de belles, puis disparut dans la cuisine. Tes affaires sont dans le garage, cria-t-elle. Thomas les a apportées.

« Je sors.
— Tu reviens pour le déjeuner ?
— Peut-être. »

Il neigeait. Kathrine avait toujours aimé la neige, et elle aimait encore plus lorsqu'il neigeait. Elle traversa le village. Des vieilles femmes avec des cannes, qui s'étaient arrêtées devant le foyer des pêcheurs, la saluèrent. De la mairie, les employés étaient en train d'arriver boire un café chez Svanhild. Morten n'était pas avec eux. Kathrine demanda de ses nouvelles. Il avait pris un jour de congé, il était sûrement parti au phare. C'était dans ses intentions. Il s'était acheté un récepteur de navigation par satellite, et avait dit qu'il voulait l'essayer.

« Et s'il ne fonctionne pas ? » dit Kathrine.

Ses collègues éclatèrent de rire et haussèrent les épaules. « Il connaît le chemin par cœur. »

Kathrine se rendit à l'école. De loin elle apercevait la lueur des néons filtrer au travers des grandes fenêtres de la classe. Sur les vitres étaient collées des fleurs en papier crépon de toutes les couleurs, que les enfants avaient fabriquées eux-mêmes. Kathrine regarda par la fenêtre. Elle aperçut Randy assis à l'un des pupitres de devant. Elle fut étonnée. Elle l'avait toujours imaginé assis à l'arrière. Il avait un livre à la main et remuait les lèvres. Elle pouvait voir le mal qu'il se donnait pour lire. Il était complètement recroquevillé sur son livre. Son petit corps était tout crispé. La maîtresse vint alors vers lui, lui posa la main sur l'épaule et lui dit quelque chose. Peut-être Randy avait-il réellement un problème avec ses yeux. La maîtresse y avait fait un jour allusion, mais Kathrine n'avait pas eu le temps d'aller avec lui à Kirkenes voir un oculiste. Maintenant elle avait le temps.

Elle monta les marches et entra dans l'école. L'odeur dans l'escalier lui rappela l'époque où elle y était, son horreur des cours de gymnastique, sa peur face aux autres enfants, face à son père quand elle avait des mauvaises notes. Lui rappela aussi les mandarines dans lesquelles ils plantaient des petites bougies juste avant Noël, et son maître qui leur lisait le samedi après-midi des histoires sur les enfants de l'âge de la pierre, et parfois aussi des contes de fées. Kathrine marcha jusqu'à la porte de la classe de Randy. Elle entendit la voix de la maîtresse puis celle d'une petite fille.

Des petites fleurs rouges, blanches et bleues
Fleurissent sur la verte prairie.
Pour toutes les apercevoir mieux,
Je veux aller au beau milieu,
Au beau milieu de la prairie.

Mais non, jamais je n'irai
Car si sur la prairie j'allais
Ces petites fleurs piétinerais
Ces petites fleurs écraserais...

Kathrine sortit de l'école. On en passe tous par là, pensa-t-elle. Mais quand c'est passé, c'est passé. Il apprend aujourd'hui les mêmes poèmes que nous avons appris, autrefois. Que fait mon enfant ? Que fait mon chevreuil ? Une fois encore je reviendrai, puis plus jamais. C'était quoi déjà ce conte de fées ? Petit frère et petite sœur. Elle l'avait raconté une fois à Randy. L'histoire de la fontaine qui murmure : celui qui me boira se changera en chevreuil. Celui qui me boira se changera en chevreuil. Et alors le petit frère boit et se change en chevreuil. Randy s'était changé en chevreuil pendant tout l'après-midi, jusqu'au repas du soir où Kathrine lui avait dit que les chevreuils ne mangeaient pas de riz au lait.

Kathrine se rendit au cimetière. La neige

tombait maintenant plus drue. Les maisons étaient éclairées, à de nombreuses fenêtres étaient encore suspendues les décorations de Noël, des étoiles en paille, des guirlandes lumineuses et des masques en plastique de pères Noël illuminés de l'intérieur. Ils n'existaient pas à son époque. Au cimetière brûlaient des lanternes. Sous la neige on ne voyait pas les tombes, mais Kathrine savait où se trouvait son père. À part les siennes, il n'y avait aucune trace de pas sur le sol.

Elle entendit au loin la cloche de l'école, puis une clameur et les cris des enfants. Ils se dépêchaient de rentrer chez eux. Kathrine vit quelques enfants de la classe de Randy gravir la montagne dans sa direction. Les enfants la saluèrent lorsqu'elle passa près d'eux en rejoignant la rue principale.

Dans le port il n'y avait que quelques chalutiers. Randy était sur le môle avec deux autres enfants et observait un pêcheur en train de graisser un treuil. Quand Kathrine l'appela, il se retourna et vint vers elle en courant. Il prit sa main sans dire un mot. Ensemble ils se rendirent chez la mère-grand-mère.

« Tu aimes bien aller à l'école ? demanda Kathrine.

— Je suis deuxième en gymnastique, dit Randy.

— Vous avez appris une poésie aujourd'hui ?

— Je ne me souviens que de la fin », répondit Randy en s'arrêtant sur place, comme si en marchant, il ne pouvait plus penser. Il se mit face à Kathrine et, d'un ton grave et sans reprendre souffle, récita les quelques lignes dont il se souvenait encore.

Gardez votre fraîcheur et votre odeur exquise !
Petites fleurs, je vais m'en aller ;
Cueillir juste un petit bouquet,
C'est assez pour me rendre heureux,
Petites fleurs blanches et bleues.

« Qu'est-ce que tu préfères, être aveugle, sourde ou muette ? demanda Randy, tandis que, dans l'entrée de la maison, ils enlevaient leurs chaussures.

— C'est pas quelque chose qu'on peut demander, dit Kathrine.

— Moi, muet », dit Randy.

Après le déjeuner, il sortit en courant jouer avec les autres enfants. Kathrine alla dans le garage. Ils avaient vendu la voiture après la mort de son père. Sa mère ne savait pas conduire et Kathrine ne conduisait que dans le cadre de son travail. Dans un coin de la pièce glaciale, près du congélateur, se trouvaient quelques grands cartons sur lesquels Thomas, d'une écriture ordonnée, avait tracé un grand « K » : « Livres K », « Cuisine K », « Enfant K » et « Vêtements de sport K ». Juste à côté étaient posés ses skis de fond. Kathrine les prit, sortit devant la maison et les enfila. Sa mère vint à la porte, et lui dit de faire attention, que la neige allait continuer à tomber.

« Je vais faire attention, ne t'en fais pas », dit Kathrine.

Elle partit en direction du phare. La visibilité était mauvaise, mais elle connaissait le chemin par cœur. Une fois sortie du village, en haut de la première butte, elle repéra une trace déjà presque recouverte de neige fraîche. Elle la suivit. Un long moment. Elle n'avait pas froid, seul son visage était engourdi par la neige qui tombait toujours, de plus en plus drue. Puis la trace disparut. La nuit tombait déjà, il n'était pas encore deux heures.

Une heure plus tard, Kathrine aperçut, au loin, quelqu'un qui venait vers elle. C'était Morten. Elle s'arrêta. Il avançait contre le vent, la tête courbée, et ne la vit qu'une fois parvenu à quelques mètres d'elle. Il sursauta.

« Ton récepteur fonctionne ? lui demanda-t-elle.

— La batterie est morte », répondit-il en ricanant. Puis il dit : « Salut ! C'est chouette que tu sois revenue. »

Ils tombèrent dans les bras l'un de l'autre, mais ne s'embrassèrent pas. Leurs joues se frôlèrent. Il fait un froid de canard, dit Morten. Moi je n'ai pas froid, dit Kathrine. Tu ne vas pas jusqu'au phare, lui demanda Morten. Kathrine lui répondit qu'elle était venue à sa rencontre, qu'elle rentrait avec lui.

« Si tu as faim... lui dit-il. J'ai même aussi du thé.

— Passe devant. »

Morten avançait lentement et n'arrêtait pas de se retourner pour voir où elle était. À cinq heures, ils étaient de retour au village.

« Si on allait chez moi ? demanda Morten.

— On va chez Svanhild. »

Lorsque Svanhild aperçut Kathrine, elle se précipita derrière le comptoir et lui serra la main d'un air radieux. Sans lui lâcher la main, elle lui demanda où donc elle avait bien pu aller. Elle lui dit que la femme d'Alexander et ses deux filles étaient là. Elle montra une table à laquelle étaient assises une femme blonde plutôt rondelette, et deux jeunes filles presque aussi grandes l'une que l'autre. Kathrine les reconnut d'après les photos qu'Alexander lui avait montrées.

« Ça fait maintenant trois mois qu'il a disparu », dit Svanhild. « Dimanche va être célébré un office pour lui à l'église. On a fait une collecte pour leur payer le voyage. » Peut-être que sa femme restera ici, raconta-t-elle. Ce n'est pas le travail qui manque. Ses filles s'appellent Nina et Xenia.

Kathrine et Morten allèrent s'asseoir à la table du fond, et Svanhild leur apporta du café, et des gâteaux qu'elle avait confectionnés elle-même. Il n'y avait presque personne, seuls étaient assis dans un coin quelques vieux ouvriers de la conserverie.

« J'ai encore des cigarettes françaises, dit Kathrine.

— Alors, c'est beau, Paris ?

— Je te montrerai les photos, si tu veux.

— Et pourquoi es-tu allée précisément à Paris ? »

Kathrine resta muette. Puis elle parla de Christian, et qu'elle avait couché avec lui dans le train. Morten resta muet à son tour.

« Tu n'étais pas là quand je suis partie. Je suis passée chez toi mais tu n'étais pas là. Tu es jaloux ?

— Tu t'attends à quoi ?

— Je ne veux pas mentir. »

Kathrine lui parla de Stockholm, de Boulogne, lui raconta que, pour la première fois de sa vie, elle avait mangé des coquillages, et que pour la première fois aussi, elle avait fumé du haschisch. Morten l'écoutait, riait, mais elle remarquait qu'il était différent d'avant.

« Il faut que je m'habitue au fait que tu as couché avec lui, lui dit-il.

— J'ai aussi couché avec Thomas.

— Mais c'était il y a longtemps. Et il est ton mari.

— Et avec toi. Tu n'es pas mon mari. »

Morten en convint. Il lui dit que d'abord, ils avaient pensé qu'elle s'était suicidée, qu'elle avait disparu comme Alexander. Thomas était venu tout excité à l'*Elvekroa* et avait dit qu'on devait l'aider à chercher sa femme. Il avait vraiment dit ma femme, comme si on ne connaissait pas tous Kathrine. Quand ils étaient allés au port recueillir des informations, le capitaine du port avait dit qu'il l'avait vue partir à bord du *Polarlys*.

« Et ensuite ils ne m'ont plus cherchée ?

— Tu es libre. Tu as le droit d'aller où tu veux.

— J'ai eu peur que quelqu'un ne me retienne. Je ne sais pas. J'avais le sentiment de faire quelque chose de mal. Je me sentais comme une criminelle en cavale.

— J'ai pensé que tu ne reviendrais pas. La plupart ne reviennent pas. »

Morten dit que, ces derniers temps, il avait souvent songé à partir. Il connaissait des gens à la radio nationale et il pouvait très bien se trouver un emploi à Tromsø, ou même à Oslo. Peut-être pourrait-elle se faire muter ? Si elle retrouvait son emploi, dit Kathrine. À Tromsø, pourquoi pas. À coup sûr ça avait été la plus belle période de sa vie, les quelques mois passés dans cette ville, les collègues, les fêtes, les cinémas.

« Pourquoi pas ? dit-elle. Alors, tu voudrais que je vienne avec toi ?

— Enfants, nous voulions déjà partir ensemble. »

Elle demanda à Morten de lui dire ce qui s'était passé jadis, quand ils étaient allés à Mehamm en passagers clandestins. Oui, répondit-il, et il lui raconta l'histoire.

Ensuite ils restèrent un moment indécis

devant le foyer des pêcheurs, et Morten lui demanda si elle voulait venir chez lui, mais il n'avait pas l'air vraiment convaincu. Helge passa sur sa Harley et Kathrine dit non, qu'elle devait rentrer à la maison. Elle voulait aller retrouver Randy, elle l'avait si longtemps négligé.

Randy est un drôle de gamin, dit Morten. « Il y a deux semaines, sa classe m'a rendu visite au studio. Je leur ai montré comment on fait de la radio. On a enregistré une petite émission et Randy était le présentateur. Il était réellement bon. »

Kathrine demanda à Morten s'il pouvait lui en faire une cassette et il la lui promit.

« Parfois », dit-il, « pendant mes émissions, je pense que peut-être personne ne m'écoute. Et que ma voix s'envole par-delà les maisons, sort du village jusqu'à la limite de diffusion de l'émetteur. C'est un sentiment étrange. »

Kathrine en convint. Puis ils se séparèrent.

Kathrine se rendit au bureau des douanes. Son chef était encore là. Il était assis dans son bureau, et fumait une cigarette en lisant le journal. Il fut ravi de sa visite.

« Ma belle-sœur et son mari sont venus

nous voir avec leurs trois horribles bambins, dit-il. Je fais des heures supplémentaires.

— Pourquoi ne vas-tu pas à l'*Elvekroa* ?

— Ma femme ne me croit pas. Elle appelle ici pour me contrôler. »

Kathrine demanda si quelqu'un avait déjà été engagé à sa place. Non, dit son chef. Elle n'avait pas donné sa démission, n'est-ce pas. Il avait demandé un congé sans solde, d'un mois, et puis un autre encore. Mais si elle voulait recommencer plus tôt, ça lui convenait parfaitement. L'administration avait envoyé quelqu'un de Vadsø, un type tatillon qui s'accordait très mal avec les Russes. Il logeait chez Svanhild et serait certainement enchanté de pouvoir retourner chez lui.

« Demain ?

— Merci, dit Kathrine. Lundi prochain, ça va ? J'ai encore besoin de quelques jours. »

Puis son chef lui demanda si elle était retournée avec Thomas, s'excusant en même temps de son indiscrétion, ça ne le regardait pas, bien sûr, mais enfin...

« Enfin quoi ?

— Nous nous sommes un peu étonnés que tu partes tout simplement, comme ça.

— Pas tout simplement.

— La lettre ?

— Je pense que la chose est réglée. »

Bien, dit le chef en se levant. Il lui dit qu'il était heureux de son retour parmi eux, et elle lui dit qu'elle l'était aussi. Ils se tendirent la main. Le chef raccompagna Kathrine jusqu'à la porte. Comme ils étaient déjà dehors, il lui demanda : « Finalement, tu étais où ?

— Je te montrerai les photos. »

En allant chez sa mère, Kathrine repensa à son voyage en train de Paris à Boulogne. Elle avait pris des photos à travers la fenêtre. Des paysages brouillés, un ciel couvert, de temps à autre un groupe de maisons, un village. Des forêts grises au loin, des forêts argentées. Une route étroite qui suivait pendant un moment la voie ferrée, deux femmes sur des chevaux, un cimetière. Mais certaines choses n'étaient pas visibles sur les photos : les arrêts dans des villes dont elle n'avait encore jamais entendu ou lu les noms. Un endroit qui s'appelait Rue. Puis le paysage était devenu très plat. Le train était passé par-dessus un fleuve presque à sec. Lorsqu'ils étaient repassés par là au retour, le fleuve charriait une eau brunâtre. Des inondations, avait dit Christian.

Ses jours de congé passèrent à toute allure. Dans la rue, on demandait à Kathrine si elle était partie en vacances, et il arrivait qu'elle montre les photos de son voyage, et c'est à peine si elle reconnaisssait les endroits où elle était allée. Une fois, elle avait aperçu Thomas qui arrivait en sens inverse. Lorsqu'il l'avait vue, il avait fait demi-tour et s'était éclipsé dans la première rue venue. Le soir même, son père avait téléphoné. La mère de Kathrine avait décroché. Hypocrite comme à son habitude, elle s'était montrée amicale, avait demandé des nouvelles de la famille, comment ils allaient. À ce moment-là, Kathrine lui avait pris l'écouteur des mains, et avait demandé quelle mouche le piquait.

« Je ne sais pas ce que Thomas vous a raconté », avait-elle dit. Puis le père de Thomas avait parlé longuement. Elle avait écouté, à deux ou trois reprises avait dit quelque chose. C'est sa faute à lui. Non. Oui. Il y a des choses... Je ne réclame absolument rien. Il n'a qu'à me fiche la paix.

« Ça m'est complètement égal qu'il veuille divorcer ou pas », avait-elle dit. « Il n'est plus mon mari. Peu importe ce qui est écrit sur le papier. »

Sa mère était restée debout à côté d'elle. Son visage terrifié exaspérait Kathrine. Lorsqu'elle avait raccroché, sa mère avait éclaté en sanglots.

« Arrête ! Tu devrais être heureuse que ce soit maintenant classé.

— Mais que vont dire les gens ? Pas encore trente ans et déjà divorcée deux fois.

— Il ne veut pas divorcer. Nous ne divorcerons pas, m'a dit son père. Nous. »

Kathrine éclata de rire.

« Pense un peu à Randy, lui dit sa mère.

— Je pense à Randy. Et il n'ira plus là-bas.

— Ils veulent organiser une fête pour son anniversaire. »

Cette semaine-là, Morten et Kathrine ne se rencontrèrent pas, mais Morten envoya à Kathrine un e-mail toutes les deux heures. Il avait dû dénicher quelque part un dictionnaire français, et lui écrivait des choses qu'elle ne comprenait pas et qui la faisaient rire quand même. Le soir, ils se parlaient pendant des heures au téléphone.

« Ta grand-mère était-elle réellement française ? lui demanda Kathrine une fois.

— Elle était saame. Mon grand-père aussi. Mon père vivait encore sous une tente. Il me l'a souvent raconté. Et comme il y faisait froid ! Quand ils ont construit la maison, il avait cinq ans. Et quand ils ont emménagé, son père a dit, nous voilà au paradis. À l'époque ils allaient encore passer l'été avec les rennes dans la montagne.

— Mon père aussi était saame, dit Kathrine. Pourquoi ne m'en as-tu jamais parlé ?

— Mon père avait une cassette de chants joiks. Et quand nous n'arrivions pas à nous endormir, il nous la mettait. Voi, voi, voi...

— Arrête, dit-elle. Pourquoi ne me l'as-tu jamais dit ?

— Ça n'est pas si important. Tu veux que j'enfile un bonnet rouge ? »

Le jour suivant, Kathrine parla avec son chef d'une éventuelle mutation, et Morten appela au téléphone tous ses amis de Tromsø pour s'informer des possibilités de travail. Le samedi, il prit l'express côtier. Kathrine l'accompagna au port. Morten était le seul passager à monter.

« Radio Finnmark, dit-il, il faut voir. Ils ne cherchent en fait personne. Mais ils aiment bien mon programme. Il faut voir.

— Tu reviens quand ?

— Quand j'aurai trouvé un travail. Tu as envie que je t'appelle quand je serai à Tromsø ? »

Le jour suivant eut lieu le service funèbre d'Alexander. Kathrine retourna pour la première fois dans l'église depuis la mort de son père. Le soir précédent, elle avait rencontré la femme qu'Alexander avait vue en dernier. Kathrine lui avait demandé si elle viendrait elle aussi mais la femme lui avait répondu que non, il valait mieux pas.

Bien qu'elle n'eût pas connu Alexander, sa mère voulut l'accompagner à l'église.

« Il était pêcheur », avait-elle dit et Kathrine avait rétorqué : « Ce n'est pas certain qu'il soit mort. »

Elles avaient emmené Randy. Il s'était assis entre elles deux et avait été très sage. Le pasteur avait parlé de Jonas et du grand poisson.

« Tu m'as jeté dans l'abîme, dans le cœur de la mer », avait-il dit. « Les courants d'eau m'ont environné ; toutes tes vagues et tes lames ont déferlé sur moi. Les eaux sont montées jusqu'à ma gorge, les flots m'ont encerclé, les algues se sont entrelacées autour de ma tête. Je suis descendu jusqu'à la matrice des montagnes ; à jamais les verrous de la terre sont tirés sur moi. Mais tu m'as fait remonter vivant du tombeau. »

Kathrine avait regardé la femme d'Alexander et ses deux filles, qui étaient assises sur le banc de devant entre Ian et Svanhild. Elles ne devaient sûrement pas comprendre un traître mot. Les gamines se tortillaient dans tous les sens. Elles étaient coiffées de nattes maigrelettes attachées ensemble par des rubans de couleur, et portaient des vêtements qui semblaient avoir été cousus par la mère.

Puis l'orgue avait retenti, et le pasteur avait dit : « Nous sommes nés en une nuit et nous avons péri en une nuit. »

Kathrine n'arrivait pas à se rappeler de quoi le pasteur avait parlé lors de l'enterrement de son père. Elle avait été comme paralysée tout le temps, et ne s'était mise à pleurer qu'une fois rentrée à la maison.

« Alexander Suchanik est sorti du village pendant la nuit, et il n'est jamais revenu », dit le pasteur. « Nous ne savons pas où il est. Mais où qu'il soit, il est avec Dieu et Dieu est avec lui. Car aucune brebis ne s'égare de son troupeau. »

Kathrine ne croyait pas ce que le pasteur disait, et pourtant ses mots la réconfortaient. Peut-être suffisait-il qu'il y croie lui, que la femme d'Alexander y croie, ou Ian et Svanhild. Peut-être suffisait-il que le pasteur dise ces mots. Peut-être était-ce suffisant qu'ils soient tous rassemblés ici, qu'ils pensent à Alexander, que plus tard ils se souviennent de lui, de ce jour et de ce moment.

Après le service, le pasteur, la femme d'Alexander et Ian se tinrent près de la porte et tous défilèrent devant eux et serrèrent la main de la femme et du pasteur. Kathrine voulut dire quelque chose, mais finalement ne dit rien, et serra juste la main de la femme.

« Mon mari aussi était pêcheur », lui dit la mère de Kathrine. Ian murmura quelque chose à l'oreille de la femme d'Alexander et elle lui fit un signe de tête en souriant.

Une semaine plus tard, Morten n'était toujours pas de retour. Le dimanche, c'était l'anniversaire de Randy. Kathrine n'avait pas eu le courage d'interdire la fête chez les parents de Thomas. Elle y conduisit Randy et s'arrêta à la porte du jardin. Tiens-toi convenablement, ne mange pas trop et remercie bien pour les cadeaux, lui dit-elle. Tu auras le mien à la maison. Elle regarda Randy courir à travers le grand jardin et pensa, il est petit pour son âge mais il va encore grandir. Comme elle s'apprêtait à partir, le père de Thomas sortit sur le perron.

« Kathrine, cria-t-il. Il faut qu'on éclaircisse quelques petites choses. »

Kathrine hésita. Puis elle pensa, je ne vais pas m'enfuir une nouvelle fois, et marcha jusqu'à la maison. Randy s'était faufilé derrière le père de Thomas et avait disparu dans l'entrée. Du vestibule, Kathrine pouvait apercevoir le salon dans lequel Thomas et sa famille, ainsi qu'une dizaine de camarades de classe de Randy, étaient réunis. Au-dessus de la porte flottait une banderole sur laquelle était écrit *Happy Birthday* en lettres multicolores. Le salon était on ne peut plus accueillant. Il y avait des guirlandes partout et, sur une table, avaient été disposés des cadeaux ainsi que des grands plats et des grandes terrines remplis de gâteaux et de friandises de toutes sortes. Randy était dans tous ses états. Il tortillait ses mains en tous sens. Il se retourna et regarda Kathrine. Elle l'encouragea d'un signe de tête. Les invités entonnèrent la chanson.

Quel bonheur que tu sois né,
tu nous aurais vraiment manqué.
Quel bonheur, nous voilà rassemblés
pour te souhaiter joyeux anniversaire.

« Allons dans le bureau », dit le père de Thomas.

Ils s'assirent l'un en face de l'autre. Le père de Thomas alluma cérémonieusement un cigare. C'est toi qui veux quelque chose de moi, pensa Kathrine. Il ne peut rien m'arriver de mal. Je vais supporter patiemment tout ça, et puis je sortirai d'ici pour ne plus jamais revenir.

Le père de Thomas lui dit qu'elle ne devait pas faire l'idiote. Que Thomas était un bon mari, qu'il l'aimait vraiment. Depuis des semaines, il installait l'appartement pour elle. Il avait même fait venir des meubles d'Oslo. Elle devait voir comme tout était superbe. Elle avait envie de voir ? Et aussi pour Randy. Sa chambre était devenue un vrai paradis. Thomas avait acheté un ordinateur pour son enfant. C'était de première importance que les enfants apprennent tôt à se servir d'un ordinateur, c'était l'avenir.

« Les enfants, c'est l'avenir », dit le père de Thomas. Et quand elle lui parla des mensonges de Thomas, il lui dit : « Tu dois regarder l'avenir. Ne regarde donc pas toujours en arrière. Nous avons tous fait des fautes. »

La lettre ? Une idiotie. Le père de Thomas s'en excusa. Thomas avait prétendu qu'elle avait couché avec d'autres hommes. Excuse l'expression, dit-il, mais comment voulais-tu qu'on sache... Quant au fait qu'il mentait ? Qu'il ne disait pas la vérité. Il faut savoir pardonner à quelqu'un.

« Ceux qui Lui font confiance sauront ce qu'est la vérité, dit le père de Thomas, et les fidèles en amour demeureront auprès de Lui.

— Je ne veux pas lui pardonner, dit Kathrine, et je ne l'aime pas. »

Le père de Thomas l'assura que ça pouvait encore changer. Que sa femme et lui avaient eux aussi connu des moments difficiles, ça elle pouvait le croire. L'amour éternel était une invention des auteurs de romans. Le mariage était une institution, la base, l'origine même de toute société. Et elle devait aussi penser à Randy.

« Thomas est prêt à l'adopter. Randy serait notre unique petit-fils. En ce qui concerne Veronica et Einar, il n'y a pas de raison pour que ça change. Pense un peu à la chance qu'il aura. Il n'y a pas que la maison. Je vais parler très franchement avec toi. Ma fortune ne se borne pas à cette maison. Nous possédons des titres, des placements sûrs. Et du côté de ma femme, beaucoup de terres. Tout cela reviendra un jour à Thomas et à Veronica, et plus tard à Randy. Ne sois pas idiote. Tu ne peux vraiment pas nous en demander plus.

— Non, dit Kathrine en se levant. Je ne peux pas en demander plus. »

Lorsqu'elle sortit du bureau, elle aperçut Randy à genoux sous une avalanche de cadeaux et de papiers multicolores. Il était en train d'ouvrir un nouveau paquet. Son visage était grave et concentré. Kathrine entra dans le salon. Les conversations des adultes s'arrêtèrent net, mais les enfants continuèrent à parler et à jouer par terre avec les objets que Randy avait déjà déballés. Kathrine tourna son regard vers Thomas. Il se leva lentement, l'invita d'un geste à prendre place dans l'un des confortables fauteuils, et lui sourit avec sollicitude. Kathrine alla droit sur Randy et lui dit, viens. Randy la regarda. Elle lui tendit la main. Je n'ai pas encore tout déballé, dit-il. Viens, lui dit Kathrine. Ses joues étaient couvertes de larmes.

« Viens, lui dit-elle tout bas. On s'en va. »

Randy ne voulait pas partir. Non, criait-il, il s'était mis à pleurer, puis à hurler. Quelques autres enfants pleuraient aussi. Kathrine prit Randy dans ses bras, attrapa au passage son blouson pendu dans l'entrée et quitta la maison. Une fois sortie du jardin, alors seulement elle posa Randy par terre, lui enfila son blouson et le prit par la main.

« Ces gens sont méchants, dit-elle. Nous ne reviendrons plus jamais ici, tu as compris. »

Randy pleurnichait encore un peu mais, sans résister, il marcha à côté de Kathrine jusqu'à la maison.

Morten revint deux jours plus tard de Tromsø. L'emploi à Radio Finnmark n'avait pas marché. Il était alors allé se présenter dans différentes firmes et avait finalement trouvé un travail dans une entreprise qui fonctionnait sur Internet. Une bonne place, à ce qu'il disait, ils auraient préféré que je commence tout de suite, mais ça m'est impossible avant début avril. Et toi ? En juin, dit Kathrine, pour un an d'abord. Une collègue qui attend un enfant et prend un congé maternité. Après on verra.

« Je louerai une chambre, dit Morten, et quand tu arriveras, nous chercherons un appartement. »

Kathrine était allée chez Morten pour la première fois depuis qu'elle était rentrée de voyage. Ils avaient préparé ensemble le repas puis mangé et fait la vaisselle. Ensuite, assis à la table de la cuisine, ils avaient calculé de combien ils disposaient pour le loyer, et écumé les petites annonces dans les journaux que Morten avait rapportés de Tromsø.

« Deux chambres d'enfant, lui avait dit Morten. Qu'en penses-tu ? »

Kathrine était assise dans le foyer des pêcheurs. Elle avait fini de manger. Ses collègues étaient repartis au travail, mais elle restait encore assise là, comme si elle attendait quelque chose. Elle regarda dehors, et vit le village comme si elle le voyait pour la première fois. Morten passa dans la rue. Elle lui fit un signe, mais il ne regardait pas de son côté et ne la vit pas.

Le soir, Kathrine vint à nouveau s'asseoir dans le foyer. Elle regarda par la fenêtre. En face sur le parking, moteur allumé, stationnaient des voitures dans lesquelles étaient assis des hommes jeunes, au teint pâle. Certains étaient seuls, d'autres à deux. Elle en connaissait la plupart, mais de vue seulement. Ils étaient trop jeunes et leurs parents trop vieux. Il y avait au village des familles qui ne se rencontraient jamais.

Dans une Volvo rouge étaient assis un homme et une femme. La femme parlait en faisant des gestes avec ses mains, l'homme avait les yeux baissés, il fumait une cigarette et l'écoutait. Peu après, il sortit de la voiture, jeta sa cigarette par terre et s'en alla. La femme dans la Volvo donna un coup de poing sur le volant, puis démarra.

Un des marins russes, qui avait pris pension au foyer, téléphonait dans l'entrée. Il parlait en anglais. Kathrine comprenait ce qu'il disait. Elle sourit.

De la salle où se trouvait la télévision, lui parvenait la voix d'un présentateur qui énumérait les numéros gagnants du loto. Cinq, onze, treize, trente et un... Kathrine se demanda ce que ferait Svanhild si elle gagnait au loto. Elle-même n'y avait jamais joué, elle n'aurait pas su quoi faire de l'argent. Un voyage, peut-être. Helge jouait, Thomas aussi, et même Morten de temps à autre.

Avril, mai, juin. Kathrine compta. Helge, Thomas, Christian, Morten. Trois mille couronnes sur son compte en banque, quelques livres, quelques vêtements, quelques robots ménagers. Un ordinateur portable. Un enfant.

Randy, il avait maintenant huit ans. Kathrine en avait vingt-huit. Elle avait vécu ici vingt et un ans, presque un quart de siècle. Quitter le village lui faisait peur. Mais Morten allait l'aider. Il avait déjà habité une fois à Tromsø. Ils se chercheraient un appartement, s'achèteraient des meubles, peut-être un jour une voiture. Ils iraient ensemble dîner au restaurant, au cinéma.

Kathrine alla se servir un café au comptoir, posa cinq couronnes près de la caisse et retourna s'asseoir près de la fenêtre. *Good bye*, dit le marin russe dans l'entrée, trois, quatre fois de suite, puis il reposa l'écouteur. Une porte claqua, quelqu'un arrêta la télévision et on n'entendit plus que le bourdonnement du réfrigérateur et le léger tic-tac de l'horloge sur le mur.

Svanhild apparut dans l'encadrement de la porte, éteignit la lumière, puis la ralluma immédiatement. Elle s'excusa. Je ne t'ai pas vue. Ce n'est pas grave, dit Kathrine. Elle termina son café, devenu tiède, dit bonne nuit et s'en alla.

Elle traversa le village, puis suivit la route qui menait à l'aérodrome. Elle compta ses pas, par tranches de dix jusqu'à cent, puis s'arrêta. De l'autre côté de la vieille aire de décollage se trouvaient les cabanes. La cabane dans laquelle Thomas était allé s'asseoir, dans l'attente d'on ne sait trop quoi. Kathrine se demanda ce qui serait arrivé si, à l'époque, elle était entrée. Peut-être était-ce elle qu'il attendait.

Maintenant, en pleine nuit, les distances paraissaient plus courtes que pendant la journée. La neige était lumineuse, la terre semblait irradier sous le ciel sombre. Kathrine pensa à la veilleuse rose de Randy. À ce point lumineux dans l'obscurité de sa chambre.

L'air était très pur, très froid. Des nuages traversèrent le ciel. Puis on aperçut à nouveau les étoiles. Et Kathrine vit l'aurore boréale. Voilà longtemps qu'elle ne l'avait pas vue. Une sorte de fin rideau s'étendit d'un horizon à l'autre. Kathrine attendit, regarda le voile immense se rétrécir, la lumière se faire plus vive. Soudain ce ne fut plus qu'un mince ruban, une ligne verte tressaillante, un serpent qui se débattait furieusement dans le ciel.

J'ai de la chance, pensa-t-elle. Elle était frigorifiée et prit le chemin du retour.

À l'entrée du village, elle dépassa un groupe de marins russes, sûrement en train de regagner leur bateau. Lorsqu'elle parvint au foyer des pêcheurs, tout était éteint, sauf dans une chambre au sous-sol, où une lumière brillait encore. C'était la fenêtre de la salle de recueillement de Ian. Kathrine regarda à l'intérieur. Elle aperçut Ian qui parcourait les rangs de chaises vides et ramassait les livres de chants. Elle frappa à la vitre. Ian sursauta. Lorsqu'il reconnut son visage à travers la fenêtre, il sourit et lui fit un signe.

Dès son retour à Stockholm, Linn envoya un e-mail à Kathrine, et Kathrine lui répondit qu'elle allait bien. Ensuite, elles ne s'en envoyèrent pas très souvent, mais régulièrement. Et une fois, alors que Kathrine et Morten habitaient déjà à Tromsø, tous deux allèrent à Stockholm et rencontrèrent Linn, qui vivait désormais avec le Eirik de Johanna et se plaignait. Des années plus tard, Linn, à nouveau seule, vint à Tromsø passer quelques jours chez Morten et Kathrine, et elles racontèrent leurs vacances de ski, comment elles s'étaient connues et comment tout avait commencé.

Christian ne donna plus jamais de nouvelles. Il n'envoya ni e-mail ni carte postale. Kathrine lui écrivit une fois, et il lui répondit qu'il s'était marié, et qu'il lui souhaitait bonne chance.

Puis Kathrine alla rendre visite à sa mère au village. Elle prit le *Polarlys*, revit Harald qui devait bientôt être muté sur un bateau plus récent, et s'était séparé de sa femme, ou bien elle de lui. Il portait à nouveau une barbe et, sur ses joues, avaient éclaté encore davantage de petites veinules. Kathrine et Harald se tenaient côte à côte lorsque le *Polarlys* était entré dans le fjord, et, ensemble, ils avaient regardé les lumières du village affleurer derrière la presqu'île.

Kathrine compta. Un voyage à Stockholm, un voyage en Sicile, un voyage de noces. Des vacances d'été au Parc national Jotunheimen, des visites au village.

Sa mère était devenue vieille. Elle se plaignait de plus en plus de l'obscurité et du froid. Pourquoi ne vas-tu pas habiter à Kiruna, auprès de ta famille, lui dit Kathrine. Mais sa mère ne voulait pas quitter le village.

« Il faut bien que quelqu'un reste ici », lui dit-elle.

Ian, le pasteur écossais, s'était pendu une nuit dans la salle d'attente de l'express côtier. Le capitaine du port l'avait trouvé le matin. Ian avait été incinéré, on avait envoyé ses cendres à sa famille en Écosse. C'était ce qu'il avait souhaité.

« Je ne veux pas que vous me brûliez, dit la mère. Il faut que vous m'enterriez ici, à côté de Nissen.

— Tais-toi », dit Kathrine.

Sa mère lui avait parlé de Thomas seulement lorsque Kathrine lui avait demandé de ses nouvelles. Après le divorce, il avait épousé une ouvrière de la conserverie, qui s'était séparée de lui un an plus tard. Ça avait fait jaser. Il était alors parti du village. Ses parents étaient toujours là, mais vivaient très retirés. Ils ne disaient même pas bonjour quand la mère les croisait dans la rue.

On n'avait jamais retrouvé Alexander. Mais sa femme travaillait maintenant au foyer des pêcheurs. Elle aidait Svanhild. Ses deux filles, Nina et Xenia, aidaient, elles aussi. Elles avaient grandi et parlaient norvégien aussi bien que si elles étaient nées ici. C'étaient de belles filles et, pendant un temps, davantage de jeunes gens avaient fréquenté le foyer. Svanhild restait maintenant la plupart du temps assise à une table dans la cuisine. Les longues stations debout l'avaient fatiguée. Assise à la table, elle souriait et promenait lentement sa lavette sur la surface en matière plastique étincelante, sans regarder.

La femme d'Alexander avait économisé de l'argent et, l'année précédente, avait fait ériger une stèle au cimetière, et le pasteur avait célébré l'office à la mémoire d'Alexander. Maintenant tout était en ordre.

Kathrine allait à son travail. Elle conduisait sa voiture. Elle déposait Randy à l'école. Il était tombé malade puis s'était rétabli. On lui avait fait faire des lunettes. Il grandissait. Kathrine gagnait de l'argent et s'achetait des choses. Elle avait donné naissance à un second enfant, une fille, Solveig. Puis, debout dans la cuisine avec Morten, ils s'étaient préparé des sandwiches pour économiser l'argent du déjeuner. Plus tard ils avaient acheté un appartement, ensuite une maison. Ils avaient habité à Tromsø, à Molde, à Oslo. Randy était allé passer les vacances au village chez sa grand-mère. Il était revenu. L'automne était venu, l'hiver. Puis l'été. La nuit était venue, puis le jour.

Impression réalisée sur Presse Offset par

BRODARD & TAUPIN

GROUPE CPI

La Flèche (Sarthe), 21709
N° d'édition : 3557
Dépôt légal : janvier 2004

Imprimé en France